Syu & Inui
「呪いと契約した君へ」

Chara

# 呪いと契約した君へ

栗城　偲

キャラ文庫

この作品はフィクションです。
実在の人物・団体・事件などにはいっさい関係ありません。

目次

口絵・本文イラスト／松基 羊

「――愁《しゅう》、準備はできたか」

宮司であり現当主である伯父の言葉に、鳥居《とりい》愁は頷《うなず》いた。神職見習いの平服である作務衣《さむえ》ではなく上下白色の装束に袖《そで》を通し、既に身も清めてある。

社務所内の更衣室を出て、伯父の三歩後ろを付いていくと、彼は前を向いたまま今日訪れる「特別な参拝客」のことを口にした。

「――今日は、県議会の副議長の娘さんだ」

わかりました、と返す。特別な儀式は、一握りの特別な参拝者が受けられるものだ。

「当代の『いとし子』は……祝福を受けたのはお前だけだ」

「はい」

いつものように定型文を伯父が口にした。言い聞かせるように、儀式のように、伯父はその文言を繰り返す。

「お前は、選ばれた子だ。祝福を受けたのだから、身を尽くし、精いっぱい報いるんだよ。それが選ばれし『いとし子』の責務であり、崇高な使命であり、喜びなのだから」

「はい」

子供の頃から何度も繰り返し言われ続けている言葉に、機械的に頷く。

選択の余地も、なにかの感情を向けることも、ない。命じられたことを、ただ粛々と全うするだけだ。

互いに無言で幣殿《へいでん》まで足を運ぶ。本殿と拝殿を繋《つな》ぐ幣殿は、本来は神職しか立ち入ることはできない。けれど、「特別な参拝客」は既にそこに座して待っているのだ。

伯父が幣殿の扉を殊更ゆっくりと開く。

「——っ」

扉の隙間《すきま》から禍々《まがまが》しい気配を感じて思わず息を飲んだ。伯父は「お待たせいたしました」と穏やかな声で言う。

幣殿の中央には、仕立てのいいスーツを身にまとった五十代くらいの男性と、若い女性がいた。女性のほうは、今年二十歳になる愁よりも、わずかに年上だろうか。

先程感じた禍々しい気配は、その女性から放たれているものだった。真っ黒な靄《もや》に包まれた彼女の表情は、よく見えない。

「あの——本当に、大丈夫なんですよね？　……もう、うちの子が悪霊に苦しめられることはなくなるんですよね？」

五十代くらいの男性は傍らにいる女性——娘の肩を抱きよせながら、宮司である伯父にそう訴える。まだ半信半疑なのかもしれない。呪《のろ》い、お祓《はら》い、どちらも通常は目に見えることのない非科学的な話なのだから無理からぬ話だと、愁はどこか他人事《ひとごと》のように思った。

伯父は、「もう大丈夫ですよ」と親子に微笑《ほほえ》みかける。いかにも神職然とした姿で貫禄《かんろく》のある伯父の穏やかな声に、親子はほっと肩の力を抜いた。

「ありがとうございます、本当に、ありがとうございます……」

震える声で幾度も礼を言い、彼らはまるで土下座するように頭を深く下げる。

近づいてみると、彼女を包んでいた黒い靄の正体は、無数の黒い塊だった。目鼻のついた、嬰児《えいじ》を更に小さくしたような造形の黒い塊が、彼女の頭や肩、首のあたりに胞子のようにまとわりついている。聞こえていないようだが、それらは彼女の耳元にぶつぶつと語り掛け続けていた。

――実際に聞こえていなくても、こんなことをされたら眠れないし、気が散るだろうな……可哀想。……ひとつやふたつなら彼女自身の「咎《とが》」の可能性もあるけど……。

これは明らかに他者からの呪いだ。

彼女の様子を黙ってじっと見つめていたら、男性のほうが懐から袱紗《ふくさ》を取り出した。

伯父は目を細めてそれを受け取る。そっと解かれた袱紗には、玉串料《たまぐしりょう》が納められた無地の不祝儀袋が包まれていた。その厚みは、三センチほどはあるだろうか。

お任せください、もう大丈夫です、という伯父の言葉とともに親子は顔を上げる。

「本当に……感謝してもしきれません。何度、何度お礼を言っても足りないくらいです。ありがとうございます」

父親の言葉に、娘も「本当にありがとうございます」と涙を流す。憔悴《しょうすい》した様子の彼女は、今日からはきちんと眠れるだろうか。そうならばいいと思う。

伯父は鷹揚《おうよう》に笑って「まだお礼を言うのは早いですよ」と言った。まだ、黒い靄は祓われていないのだ。

はっと居住まいを正して、彼らは伯父の傍らに黙って控えている愁へとうかがうような視線を向けた。

「あの……こちらの方が」

「ええ。当代の『いとし子』です」

愁の名前ではなく「通称」を口にした伯父を一瞥《いちべつ》し、無表情のまま、愁は軽く親子へ会釈をする。ぎこちなく微笑みかけると、親子は戸惑いの表情を浮かべた。

彼らが不安を抱えるのも当然で、申し訳ない気持ちになる。愁は、それこそどこにでもいそうな若造だ。高い金額を払って出てきたのが、装束に身を包んだ宮司の伯父ではなく愁では、大丈夫かと言いたくなるだろう。既に二十歳になってはいるが、小柄で細身の貧相な体軀《たいく》のせいで、高校生ぐらいに見えているかもしれない。

泰然としなければ余計に不信感を煽《あお》るので、ゆっくりと会釈をした。

――いとし子、か。

伯父が口にした言葉に、内心で溜息《ためいき》を吐《つ》く。

この神社では古くから、「特別な御祈禱《ごきとう》」を行っていた。氏子などでもその存在が詳《つまび》らかにされていない、特別な「お祓い」だ。その「お祓い」——解呪をする役目の人間は、「いとし子」と呼ばれる。

——祓うのは、「いとし子」じゃないけど。

袴《はかま》の裾《すそ》を捌《さば》いて腰を上げ、依頼主の娘の前に移動し、膝《ひざ》をつく。

「失礼します」

ほっそりとした女性の手をそっと取ると、微《かす》かに震えていた。安心させるように微笑むと、女性は少々戸惑った様子を見せたが、強張《こわば》っていた手の力が少し抜ける。

愁は小さく息を吸った。

「——では、始めます」

竹箒《たけぼうき》で境内を掃きながら、鳥居愁は青々と茂る鎮守の森を見上げる。

——この時期は、掃き掃除が楽でいいな。

愁が幼い頃から世話になっている黒沢《くろさわ》神社は、今から数百年前に鎮座し、歴代領主からも篤《あつ》い崇敬を受け、また修験の道場としても繁栄したという歴史がある。

そのため敷地は広大で、花の散る頃や落葉の季節などは愁のような見習いだけでは到底掃除が終わらず、事務員や巫女《みこ》だけでなく神職も毎日総出で掃除に回るほどであった。新緑や夏の頃は、比較的掃除が楽でありがたい。

見習いという立ち位置である愁は、基本的には朝から晩まで境内や社殿などの掃除、食事の準備などに回されていた。

「――鳥居、俺そろそろ昼餉《ひるげ》の準備に行くから」

「わかりました」

同じ見習いの同僚に声をかけられ、頷く。彼は社務所のほうへと歩いていった。その後ろ姿を見ながら、愁は再び竹箒を持つ手を動かす。

「今日のお昼はなんだろうね、シュマ」

周囲には、参拝客も神職も誰もいない。だからこそ、愁は傍らの黒い大きな塊――シュマに話しかけた。

シュマは、「いとし子」のパートナーのような存在の「なにか」だ。シュマという名は愁が付けたのではなく、昔からその名前で呼ばれていると幼児期に教えてもらったので、そう呼んでいる。

どれだけ離れても、例えば学校の修学旅行で遠く離れた場所に行こうとも、シュマは必ずついてきていた。愁がどこにいても、シュマは必ず隣にいる。実際に計測したことはないが、距離にして大体三メートル以上離れることはない。

体長は直立だと三メートルほどあり、腕のようなものが二本伸びているが、足元はぼんやりしていて判然としない。四肢動物のように頭を低くして動いたりすることもある。口のようなものは見えるが、目があるのかどうかはよくわからない。

首もあるのかどうかすら曖昧《あいまい》だが、恐らく首と思《おぼ》しきあたりから、鉄道会社のＩＣカード乗車券と似たサイズの木札を二枚下げていた。シュマが動くと、その音がからんと鳴る。その音は、多くの人には聴こえないようだ。

「境内の掃き掃除って一生終わらないよね……これが神道における無限抱擁性ってやつなのかな……違う……？」

詮《せん》のないことを口にしてみるが、シュマからの反応はない。愁の発言がつまらないからではなく、シュマは基本的には受け答えや意思疎通ができる存在ではなかった。言葉が通じているのか、通じているが聞く気がないのかさえも判然としない。自我や意識、意思があるかどうかさえわからなかった。

――シュマよりも、犬や猫のほうがまだ意思疎通できてる感じはある。

時折境内に姿を現す猫などは、こちらを見たり、手を差し出せばすり寄ってきたりするけれど、シュマはどちらもないのだ。

シュマは、普通の人には見えていない。時折その姿が見える者もあらわれるがはっきりと姿をとらえることができる人は殆《ほとん》どいない。愁のように、シュマに触れることができる者になると更に少なくなる。

——この神社でも、はっきり見えてるのは伯父さんと従兄の陵《りょう》さんだけだし……。

シュマのことが見える人たちの年齢や性別はまちまちで、そこにどういった法則性があるかはわからない。もしかしたらそれが「霊能力」などと言われるものなのかもしれないが、検証のしようもないことは判断のしようがなかった。

——でも、見た目は禍々しいけど、怖い存在じゃない。

一人きりの愁の傍にいつもいるのは、シュマだけだ。ほぼ自分にだけしか見えていない存在だが、きっと、シュマがいなければ寂しくてどうにかなっていたかもしれない。

対話ができるわけではないが、虚空に話しかけるのとは違い、幼児期から現在にかけての愁の心の安定として一役買ってくれているのは間違いのない存在だ。

なにより——

「——愁！」

思考を遮るかのように、名前が呼ばれる。はっとして声のした方を見ると、五歳年上の従兄である陵が仏頂面で歩み寄ってきた。

「陵さん……」

彼は宮司である伯父の長男で、禰宜《ねぎ》を務めている人物だ。背が高く涼しげな目元の、落ち着いた雰囲気の美形であるため、マスコミや参拝者から写真を求められることも多い。対外的には穏やかで常に笑顔を絶やさないけれど、彼は愁の前では子供の頃以来、笑ったことがなかった。

陵は紫色の袴の裾を苛立《いらだ》たしげに捌きながら愁の目の前に立つと、「手を休めるんじゃない」と叱責《しっせき》する。大声ではないが咎《とが》める尖った声に、無意識に体が強張った。

「……すみません」

陵は軽くこちらを睨《にら》んで溜息を吐く。そして、傍らに佇《たたず》むシュマを見た。

「いくら『いとし子』だからといって、普段のお勤めを怠けていい理由にはならないんだからな。わかっているのか」

「……はい」

怠けたつもりはなかったが、反論することもできずにただ頷く。陵はさらに大きく嘆息した。

「それに、またシュマに話しかけていただろう。普通の人が見たら独り言を言っている頭のおかしい危ないやつにしか見えないんだから、やめろ。みっともない」

「すみません」

一応、周囲に人の気配がないとき話しかけているつもりだった。だがたった今、陵に見られていたこの状況では、それこそ反論のしようがない。

子供の頃は今よりも当たり前のようにシュマに話しかけていた。

――「変な目で見られるから外ではやめろ」って、小さい頃もよく叱《しか》られたっけ。

それを二十歳になった今でもやっているので、余計苛立つのだろう。

竹箒を握って俯《うつむ》いていると、舌打ちの音が聞こえた。

「……それから、明日、大学から取材が来る」

「大学、ですか」

黒沢神社は長い歴史があることに加え、神体山の山麓《さんろく》に境内があって画像や映像映えし、厄払いでも有名なため、昔からいろいろな媒体で取材されてきたそうだ。最近では、動画作成者などの訪問も増えている。

「民俗学の研究室だそうだ」

「じゃあ、もし来られたら社務所に案内します」

とにかく、広報的な仕事や事務仕事関連はすべて社務所へ誘導することになっている。常に境内にいるので、参拝者からは色々訊《き》かれることも多い。

陵は愁を見下ろし、息を吐く。

「……『呪い』に関する研究らしい」

「呪い、ですか」

数百年もの昔に創祀《そうし》された由緒のあるこの黒沢神社は、八方除《はっぽうよ》け、家内安全、子の成長祈願などの信仰が篤いほか、追儺《ついな》や祈禱などで広く知られている。追儺とは、元は疫鬼や疫神を祓う宮廷行事であり、広い意味では節分などの「鬼を祓う」行事のことを指す。

どちらからともなく、シュマを見る。二人に注視されたシュマは、ただ虚空を見つめていた。

「なにがあろうと、なにを見ようと、勝手なことをするな。いいか、わかったな」

そう言って、彼は愁の手首を摑《つか》んだ。

「わかっています」

「知られたら厄介だ。今日のように、不用意にシュマに話しかけるな。取材の間くらいは、シュマはいないものとして扱え。もちろん、『使う』ことも許さない」

手首を握る手に力を込められて、鈍い痛みに思わず顔を顰《しか》める。痛みで返事が遅れた愁に苛立ったのか、陵は殊更に強く握ってきた。

「返事は」

「……、はい……」

ち、と舌打ちをし、陵はようやく解放してくれた。

「情報も、力も、絶対に安売りするな。それがお前のためでもあり、責務でもある。お前は――」

いとし子なのだから、と風でかき消されそうなほど小さな声で、陵が言う。

「……わかっています。ちゃんと」

ふんと鼻を鳴らし、陵は愁の背後にいるシュマを睨《ね》めつける。シュマは陵には興味がないようで、一歩も動かない。茫洋《ぼうよう》と空を見つめている。もっとも、シュマは目があるかどうか自体がわからないので、正確にはなにか見ているかすらもわからないが。

陵は再び舌打ちをして踵《きびす》を返し、社務所のほうへと足早に戻っていった。禰宜である彼は多忙で、本来は愁などに構っている時間はない。

だがその合間をぬって出てくるほど、愁が余計なことを口走らないか心配したに違いなかった。

――心配しなくても、なにも余計なことなんてしない。

苛立たしげだった従兄の背中を思い出して、愁は息を吐く。

シュマに迂闊《うかつ》に話しかけてしまったのは確かだ。だが自分には恩と責務があり、それを無下にしたりするような真似はしない。そんな権利は、自分にはない。考えたことさえもない。

だが跡取りである彼は、愁が余計な真似をしないか気を揉《も》まざるを得ないのだろう。

それほどこの「いとし子」という役割は、黒沢神社にとって大事なのだ。

そして恐らく、その役割が愁であることを、従兄は苦々しく思っている。

――……昔は、ただ優しいお兄ちゃんだったけど。

大人になって責務も増えて道理も知って、跡取りの重圧を抱えて、ただ優しいだけではいられなくなったのだろう。

ねえ、とシュマに同意を求めそうになり、先程の叱責を思い返して飲み込んだ。

翌日の正午過ぎ、平素通り境内を竹箒で掃いていたら不意に「すみません」と声をかけられた。顔を上げ、愁は微かに目を瞠《みは》る。

二十代半ばほどの長身の男が立っている。小柄な愁よりも、頭一つ分以上は大きい。陵も背が高いが、彼よりも上背がありそうだ。

けれど愁が驚いたのはその背の高さではなく、彼の肩のあたりに、ぼんやりと輪郭が曖昧な髪の長い女の影がしな垂れかかっていたからである。

「ちょっとおうかがいしたいんですが……今よろしいですか？」

思わずその女を注視してしまっていたが、慌てて視線を男性へと戻す。

「……はい、なにかお困りごとですか」

薄手の麻のジャケットにストレートパンツ、スニーカー、という初夏の季節らしいカジュアルな格好にバックパックを背負った男は、目が合うとにこりと笑った。

日本人にしては彫りが深く整った容貌《ようぼう》は黙っていると怖そうにも見えたが、笑うと随分と人好きのする顔になる。すでに参拝済みなのか、その手にはこの神社のお守りが握られていた。

「今日、取材でおうかがいする旨ご連絡した、乾《いぬい》と申します」

そう言いながら、男はポケットから革製のカードケースを取り出し、名刺を一枚差し出してくる。

名刺には「乾壮馬《そうま》」という名前とともに、大学名と研究室名、大学の住所や電話番号が記載されていた。メールアドレスは、個人のもののようだ。

「ああ、お聞きしてます。大学の……」

「あ、そうですそうです」

そう言って、また笑顔になる。随分と性格の明るい人のようだ。それが、彼の首のあたりにしがみついている禍々しい女と、ひどく不釣り合いだった。

彼の肩にいる黒い女のせいで、てっきり「いとし子」に用事があるのかと思っていたが、どうやら違ったらしい。もっとも、彼は「特別な祈禱」を依頼できるタイプの人間には見えなかった。

乾は不意に黙り込み、愁をじっと見つめてくる。

——いや、もしかしたら僕じゃなくて、シュマを……？

シュマは、多くの人の目には映らない。だが、もしかしたら乾は見ることができている稀有《けう》なタイプなのだろうか。

——呪いを背負ったりしてる人だと、たまに見えてたりすることもあるし……。

もしかしたら彼も、と内心戸惑う愁を、乾は頭の先からつま先まで見てくる。

「ええと、それでは社務所のほうへ……」

居心地の悪さから逃がれるように誘導しようとしたら、愁の背後に控えていたシュマがのっそりと乾のほうへ移動した。

ぐにゅん、とシュマが大きな体をくの字に曲げ、首に下がっている木札が音を立てる。シュマは乾の肩にまといつく黒い女を覗《のぞ》き込んでいる様子だった。

乾にシュマの姿が見えていないのだろうが、昨日、陵に睨まれたときのことを思い出して少々どきりとする。

——シュマ。

反射的に、心の中で呼び掛ける。愁とは意思の疎通が一切できないシュマだが、対象への興味が失《う》せたのかゆっくりと戻ってきてくれた。内心胸を撫《な》でおろす。

それから再び、愁は視線を乾へと戻した。急に黙り込んだ愁に、乾は不思議そうな顔をしている。

「どうかしました？」

「あ、いえ。広報課への申請は事前にお済みなんですよね？　えっと、案内とかあると思いますので一度そちらの……社務所のほうへ行っていただければ」

言いながら、社務所の方を手で指し示すと、乾は笑って頷いた。

「了解です。案内していただいてありがとうございました」

聞き分けも感じもいい乾に、ほっとする。

このところ、断りを入れても強引に取材をしようとしたり、勝手に撮影をしようとしたりする者が増えた。特に動画クリエイターを自称する者は本人の中で公私の区別が曖昧な場合も多く、注意にも苦労する。

先日も境内で突然大声で動画を撮り始めた者がいて、警察沙汰《ざた》になった。取材や動画撮影はご遠慮くださいと注意したら、ただの自撮りと変わらない、他にも動画や写真を撮っている参拝者がいるのになんで俺だけに注意するんだ、と騒がれたのだ。

――この人みたいな人だけ来てくれたらいいのに。

ねえシュマ、といつもの癖で話しかけそうになって、慌てて顔を逸《そ》らす。

突然のアクションに乾は一瞬目を丸くしていたが、それ以上はあまり気にした様子もなかった。

「お兄さんは、禰宜さんですか？」

突然の質問に拍子抜けしつつ、愁は頭を振った。

「いえ、とんでもない！　ただの見習いです」

禰宜というのは、その神社で一番上の階級の者――宮司の、補佐役を務める下位の神職のことだ。この神社では、宮司、禰宜、権禰宜《ごんねぎ》という職階があり、あとは愁のような神職見習いがいる。

「もしかして、見習いさんは作務衣を着る決まりだったりします?」

「はい、うちでは基本的にそうですね」

「ああやっぱり。作務衣の人たちがみんな若いからそうかなって」

ちょっと畏《かしこ》まった行事があったり、取材が入ったりする場合を除いては、見習いは作務衣で作業する。見習いが袴を着用する場合は、白色の袴を身に着ける。

権禰宜以上の神職は、白衣と、身分によって異なる色の袴、足袋に雪駄《せった》、という服装が普段着だ。神社を閉めたあと、雑務に従事する際は全員が作務衣になったりもするけれど。

「なるほどなるほど。お兄さんは……あ、問題なければお名前とか年齢、うかがっても?」

「ええと……鳥居、と申します。今年、二十歳になりました」

躊躇《ためら》いがちに答えると、乾が微かに瞠目《どうもく》する。

「鳥居?　ってことは、もしかしてこちらの宮司さんのご家族かご親族?」

その問いかけが意外で、愁も目を丸くする。

神社で鳥居なんておあつらえむきの苗字《みょうじ》ですね、と言われることのほうが多いので、まさか宮司の苗字を知っているとは思わなかった。

もしかしたら取材申し込みのときに聞いたのかもしれないが、ある程度下調べが済んでいるということも考えられる。

「……ええ、まあ。僕は直系ではないんですけど」

本当のことをすべて話す必要もないので、曖昧に肯定する。

乾の目が若干輝いたような気がしたが、気のせいではなかった。なるほどなるほど、と言いながら、ずいっと身を乗り出してくる。

「あの、でしたらちょっとおうかがいしたいことが。この神社に――」

「――愁！」

乾の質問を遮って、陵が現れた。なにも後ろ暗いことはないが、反射で体が強張ってしまう。

白衣に紫色の袴といういつもの禰宜の装束に身を包んだ陵は、愁を睨み下ろした。

「すぐに案内するように言っただろう。なにをしているんだ」

人前だからだろう、いつもよりも格段に穏やかな声で咎められる。だが愁には彼の怒りが伝わって、縋《すが》るように竹箒を握った。

「……、すみません」

「あ、すみません。違うんです、俺が鳥居くんに話しかけてしまって」

すかさず謝った乾に陵はにこりと笑みを向け、愁の腕を引いて己の後方へと押しやった。

「いえ、大変お待たせしました。ではご案内いたします。先日ご連絡いただいた、禰宜の鳥居陵と申します」

「改めまして、乾と申します。本日はよろしくお願いいたします」

そう言いながら二人は互いに礼をしあい、陵は乾の差し出した名刺を受け取って懐へとしまった。愁は色々な意味で、はじき出された格好になる。

陵から早く離れろとばかりに睨まれ、愁は慌てて会釈をしてその場から離れようと踵を返した。その背後に、「鳥居くん」と声がかかる。

「お仕事の邪魔してごめんなさい。案内、ありがとうございました」

優しい声に首を振り、頭を下げる。

再び頭を上げたときには、彼は陵に誘導されて本殿のほうへと向かっていた。

掃除を再開しようとして、衿《えり》が乱れていることに気づいた。直そうと手を入れたら、懐から先程受け取った乾の名刺が落ちる。

——乾さん……さっき、なにを言いかけていたんだろう?

陵に阻まれてしまって会話が途切れたが、「この神社に」となにか質問をしかけていた。

恐らくその質問は、取材対応を担当する陵が改めて受けるだろう。

彼と話す機会は自分にはもうないだろうなと思いながら、拾い上げた名刺を再び懐へとしまった。

その一度きりかと思っていたが、乾は翌日には再び顔を出した。

笑顔で挨拶《あいさつ》をされて驚く愁を後目《しりめ》に、暫《しばら》くはこの地域全体の取材をするのだと訊いてもいないのに教えてくれた。神社関係者への取材は一日限りだったが、ちょくちょく神社には来る予定だそうだ。

初日は神社内を撮影しつつ、祭神や歴史、祭事や文化財、神社の副業や誘致活動のことについてを質疑応答形式で取材して、あとは必要に応じて禰宜や宮司に取材をさせてもらう、とのことらしい。

今日も境内の掃除をしていた愁にそう言って別れると、彼はしばらく広い境内を色々見て回っている様子だった。昼を過ぎた頃には、乾の姿はなくなっていた。

十七時には閉門し、夕拝のあと、愁が社務所内の更衣室で私服に着替えていると、装束のままの陵が顔を出す。

「愁、着替えたらちょっとこっちに来い」

「え？　はい」

慌てて着替えて同僚たちに挨拶をし、更衣室を出る。陵は顎《あご》で愁を呼び、社務所の奥へと誘導した。その後ろを、シュマがのっそりと付いてくる。

思わず「また依頼かな」と心の中で声をかけてしまった。シュマはこちらに一瞥もくれず、ただ廊下を摺《す》り足のように進む。

人気のない勝手の前で足を止め、陵が振り返った。

「愁、お前、あの男には絶対近づくなよ」

唐突な命令に、怪訝《けげん》に思って首を傾《かし》げる。

「あの男……って、乾さんですか？　それはどうして——痛っ」

肩を摑まれて、反射的に声を上げる。陵は愁を睨み下ろした。

「どうして、ってのはどういうことだ？　関わりたいということか？」

質問に質問で返された上に曲解までされ、一体なぜ陵がこんなに不機嫌なのかもわからず、困惑しながら首を振る。

「ち、違います……だって、今まで陵さんがそんなふうに言ったことがない、から」

参拝客に話しかけられたあとに、サボるな、仕事をしろ、と言われることはあっても、「特定の人物に近づくな」と言われたことはない。

ぎりぎりと力を入れられて、痛みに堪《こら》えながらどうにかそう告げると、陵はふっと手の力を抜いた。

だが、手を離してくれるわけではない。陵は愁の細い体を、壁に押し付けた。

「あの男、『いとし子』について嗅《か》ぎまわっている」

意外な科白《せりふ》に、目を瞠る。

「え……？　あの人、なんでそのことを知ってるんですか」

「俺が知るか」

吐き捨てるようにそう言い、陵は愁の横に佇んでいるシュマを睨みつけた。シュマは相変わらず、陵に興味を向けずに壁のほうを向いている。

大変失礼な話だが、「いとし子」に関わることのできる界隈《かいわい》と彼とは、随分様子が違って見えた。

端的に言えば、そこまで資産のあるようなタイプには見えない。いとし子の解呪《かいじゅ》を受けるには、かなりの金額が必要とされるのだ。「嗅ぎまわっている」という表現からして、乾から依頼を受けたという話ではなさそうだった。

陵は愁に視線を戻し、いいか、と凄《すご》む。

「今日以降、あの男に近づくな。初めからやたらお前を狙《ねら》って話しかけていたから、すでに目星をつけているのかもしれない」

「……わかり、ました」

「あいつも、なにか背負ってた。大方それの排除が目的なんだろうよ」

浅ましい、と陵は侮蔑《ぶべつ》の言葉を吐いた。

乾の肩にくっついていた禍々しいものを思い出す。それを排除したいと思うのは当然のような気もしたが、愁は陵の言うことには逆らわず口を噤《つぐ》んだ。

「生憎《あいにく》とうちは『いとし子』を安売りしない。力も、情報もだ。お前も勝手な真似を——恩を仇で返すような、力を勝手に使うような真似はするな。わかったな」

ぐ、と骨を砕くつもりなのかと思うほどの力で肩を掴まれて、息を飲む。振り払うような真似もできず、愁は震える声で「わかっています」と答えた。

「——鳥居家には、感謝しています。余計なことは、しません」

愁は宮司一家と同じ「鳥居」を名乗っているが、本当は血縁でもなんでもない。黒沢神社が支援していた児童養護施設に、身元不明で預けられていた赤ん坊だった。

その赤ん坊が宮司一族の末席の鳥居家に養子として引き取られ、たまたま「いとし子」の適正があったことが発覚したと聞いた。その縁で愁は物心ついた頃から黒沢神社に出仕をしており、一方で金銭面でも随分と支援してもらったのだ。愁の高校までの学費を出してくれたのも、養父母ではなく本家だという話だった。

——まったく血の繋がりがないのに、「伯父」「従兄弟」と便宜上とはいえ呼んだりするのも、恐らく陵さんは快く思ってない。

互いにものの道理のわからない頃は可愛《かわい》がってくれていたが、今はまるで厄介者や憎い相手を見るような目で見てくる。

小さな頃、陵が沢山遊んでくれた記憶のせいで、それが少し辛《つら》い。

俯いた愁に、陵はふんと鼻で笑った。

「どうだか。お前だって愛想よく話しかけていただろうが」

「そんなこと……」

陵は時折、こうして愁に「いとし子」について情報を漏らすな、力を使うなと釘《くぎ》を刺す。これほどしつこく言うのは、彼が呪いを背負った状態で、「いとし子」である愁に近づいてきたから警戒しているのだろう。

「……参拝者には、いつもそうしてます」

困惑しながら返すも、陵はまだ納得していないようで、不愉快そうに眉根を顰めた。

「言いつけを破ったりしません。それに僕は、そこまで親切じゃないです」

愁の科白に、陵はなにか言いたげな顔をした後、振り払うように乱暴に手を離した。

「軽率な行動を取らないようにしろ。……わかったら、さっさと帰れ」

呼び出したくせに一方的に言い放って、陵は背中を向けて歩いて行ってしまった。

どすどすという神職らしからぬ大きな足音を立てて去っていく彼に苦笑し、愁は溜息を吐く。

強く掴まれた肩と手首が、いつまでも鈍く痛んでいた。乾いた木板の音がして、シュマがこちらにゆっくりと移動してきたのを悟る。

「僕はそこまで善人じゃないですよ」

肩をさすり、無人の廊下にぽつりと呟《つぶや》いた。

いつだって、嫌で嫌でしょうがない。助けてあげたいという気持ちがなくはないし、助かった人を見ればよかったと思うのは嘘《うそ》じゃない。

けれど、いつも、どうして自分が、もうやめたい、もう楽になりたい、と思っている。

――本当の善人なら、そんな風に思わない。

ね、と同意を求めるように傍らのシュマを見るが、相変わらず無言でぼんやりと佇んでいるばかりだった。


陵と別れた後は社を出て、いつも通り本殿に向かって一礼をし鳥居のほうへと足を向ける。

境内の外へ出ようとした瞬間に、背後から声をかけられた。

「――あ、愁くん。こんばんは！」

聞き覚えのある声に突如下の名前で呼ばれ、振り返る。

「い、乾さん……？」

とっくに帰宅したものと思っていた乾が境内とつながる登山口から降りてくるところで、ぎょっとした。

つい先程まで彼についてあまりよくない話をしていた、ということも勿論《もちろん》だが、とっくに参拝時間も終わっていて、更には決められた下山時間を大幅に過ぎた今頃にしれっと山を下りてきたからである。

「どうしたんですか、こんな時間まで」

驚く愁に、彼は朗らかに笑った。

「ちょっと上まで登ってきました。今帰りですか？」

上まで、というのは神体山の山頂のことだろう。

黒沢神社の鳥居をくぐって参道を通ると、登山口がある。神社の真裏に位置する神体山は標高が一〇〇〇メートルに満たず、山道もよく整備されていて、ハイキングコースなどもあるため、神社で経営している幼稚園などや近隣の小学校の遠足などでも使われていた。

「ええと、今帰るところですけど……危険なので、暗くなるまで山の中にいちゃ駄目ですよ。すごく危ないので」

登山届の必要のない山だし、そこまで厳密に管理をしているわけではないが、下山は十五時までという一応の決まり事がある。入り口にも大きく書かれているのだ。

「あ、ごめんなさい」

「いくら標高が低いとはいえ、山には違いないので……、次は明るいうちに下山してくださいね」

「うわー、すみません……気を付けます」

窘《たしな》めた愁に、乾は眉尻を下げて頭を掻《か》いた。

――それに、黄昏時《たそがれどき》を過ぎれば「あまりよくないもの」が活発化するし。

シュマはどんなときでもあまり変化はないのだが、乾に引っ付いている女は違う。彼の首には女の腕がマフラーのように巻き付いていた。乾本人はけろりとした顔をしているが、彼の首をぎりぎりと締め上げるような動きは不穏だ。

「本当に申し訳ないです。いろいろ調べていたら夢中になっちゃって……」

「調べもの、ですか」

「いとし子」について嗅ぎまわっている――そんな陵の科白を思い出して、愁は一瞬身構えたが、よく考えたら山と「いとし子」の因果関係がわからない。

シュマのほうをちらりと見るも、当然シュマはリアクションを返すことなどしなかった。

「山の中に調べるようなものって、なにかあったかな……？」

ついそんな疑問が口から零《こぼ》れる。乾が勢いよく頷いた。

「勿論！　山っていうのは、歴史とか民俗学的には情報の宝庫なんですよ！　こちらの山もいろいろ面白かったです。さすが神体山！」

言われてみれば、道祖神やお地蔵様などがあるので、そのあたりを散策したり調べたりしたのだろうか。

それを調べるだけで日没まで居続けるほど時間がかかるものだろうか。だが価値観や時間の使い方は人それぞれであるし、深く追及はしなかった。

――それよりも……。

まさか出てきやしないだろうが、ちらりと本殿のほうを見る。乾と鉢合わせたのは本当に偶然だったが、こんな場面を見られたら陵の逆鱗《げきりん》に触れるのは間違いなかった。

「あの、じゃあ……」

見つかる前に早く帰りたいので、これで失礼しますと立ち去ろうとしたら「じゃあ帰りましょうか！」と言われてしまった。

「えっ……」

「え？　帰るんですよね？　俺も帰るので、途中まで一緒に行きましょうよ」

逆方向なので、と誤魔化すことも考えたが、乾は暫く取材で出入りするというし、嘘がばれたときのことを考えると躊躇われた。

「……はい、じゃあ」

逡巡《しゅんじゅん》しながらも、頷く。こうなったら、陵に見つかる前にさっさと移動してしまったほうが得策だ。

心持ち足早に、二人で連れだって外へ出る。途中振り返って、陵がいないことにほっとした。そんな愁の焦りに気づくこともなく、乾が驚いたように声を上げる。

「ああ本当だ、だいぶ暗くなってたんですね」

神社前の道は、昼間はお土産屋や茶屋などがあってそれなりに人の気配があるのだが、店じまいをしたあとは薄暗く、静謐《せいひつ》というよりは少々不気味な空気が漂っていた。時折、子供やカップルが肝試しがわりに使ったりしている。

　繁華街から離れた静かな道を並んで歩いていると、また乾が話しかけてきた。

「そういえば、愁くんは――」

　また下の名前で呼ばれ、落ち着かない雰囲気をつい出してしまい、乾が不思議そうに首を傾げる。

「あの、名前……」

　もごもごとそれだけを言うと、乾は目を細めた。

「だって、宮司さんも禰宜さんも『鳥居』さんだから、紛らわしいでしょう？　だから愁くんって呼んじゃいました。駄目でした？」

　紛らわしいかな、と疑問を抱きつつ、首を横に振る。よかった、と乾が笑った。

　同僚からは「鳥居」と呼ばれているし、名前で呼ばれるのなど小学生の頃以来だ。苗字は自分のものではないという意識があるせいか、「愁自身」を呼ぶその呼称に、妙にそわそわしてしまう。

「愁くんは、神社に住んでいるんじゃないんですか？」

「僕は違います。住んでいるのは、宮司の家族だけですね」

「ご親戚ではないんですか？　禰宜の鳥居さんから、従兄弟だって聞きましたけど」

　昨日、名前を聞かれたときにも思ったが、宮司一家の苗字が愁と同じ「鳥居」というのは知っていたようだ。

「従兄弟というか、遠縁なんです」

　嘘でも本当でもないことを言うと、乾は「へえ」と相槌《あいづち》を打った。

「じゃあご両親は黒沢神社に？　それとも別の神社で？　愁くんはこちらには修行で来てるんですか？」

「あ、いえ……僕は高校生のときから一人暮らしをさせてもらってて……多くの神職とか見習いがそうですけど、通いでこちらに」

　微妙に質問への答えになっていない言葉を返すが、特に不思議に思うこともなかったようで、突っ込まれることもない。

「なるほど。……おっと、危ない」

　なにがですかと問うより先に、肩を抱き寄せられる。その次の瞬間、真横を自転車が猛スピードで走り抜けて行った。前方にいる人間のことを避けるそぶりもなかった様子に、乾が動いてくれなかったら恐らく後ろから跳ね飛ばされていただろうとひやりとする。

　ありがとうございます、と礼を言おうとしたその刹那《せつな》、ばちんと大きな音がして乾が「痛！」と叫んだ。

「えっ……？」

「い……ってえぇ！」

二の腕を押さえてしゃがみこんだ乾に、愁はなにが起こったのかとおろおろする。暫くして、腕をさすりながら乾が立ち上がった。

「いやーすいません、大騒ぎしちゃって。飛び石が腕に当たって」

「と、飛び石?」

自転車が通り過ぎてすぐ、車道を走る車から跳ね上げられた小石が飛んで彼の腕に命中したらしい。位置を考えれば、こちらを庇《かば》って避けなければ当たらなかったであろう状況に、愁は焦る。

「あの、大丈夫ですか⁉　なんで僕なんて庇ったんですか!」

ついそんなふうに叫ぶと、乾が怪訝そうな顔になった。

「大丈夫大丈夫。飛び石がぶつかるの、慣れてますから」

「慣れてる?」

飛び石が体に命中するなんて、少なくとも愁は自分にも他人にも起きた場面を見たことがない。目に当たりでもしたら、失明してしまう。

はっとして、乾の後ろの女を見る。黒い女の影は、顔のような箇所に笑みの形を作りながらケタケタと笑っていた。

――こいつのせいか。

腕をさすりながら、乾が苦笑する。

「颯爽《さっそう》と助ける、みたいなことしたいんですけど、やっぱりしまらないですね」

「そんな……僕なんて庇う必要、ないのに」

今から受け付けている病院があるだろうかと狼狽《ろうばい》していると、乾は愁の肩を優しく叩《たた》いた。

「――こらっ！」

子供を叱るような科白に、愁は目を瞬く。

「さっきから気になってたけど、『僕なんて』とかそういうこと言っちゃ駄目だろ！　そういうのよくないぞ！　自分を大事にしなさい！」

ぷんすかと注意してくる乾に、呆気《あっけ》にとられる。自分を大事に、なんて初めて言われた気がした。

「ご、ごめんなさい……？」

素直に謝罪の言葉を口にすると、乾が歯を見せて笑った。

だが不意にあることに気づいて、愁は首を傾げる。

「……でも、そもそもは、乾さんが僕を庇って怪我《けが》をしたからなんですけど」

自分を大事にしていないのは一緒な上に、彼は肉体的ダメージまで受けている。

矛盾をつけば、乾はいやいやと首を振った。

「いやあ、そもそも俺ね、すごく不運体質なんですよ」

「不運体質？」

思わず、彼の背後にいる女の影を見る。そいつのせい以外のなにものでもない、と言おうとして、ぐっと飲み込んだ。彼には、この女は恐らく見えていないのだ。

「といっても、そんな深刻な感じじゃなくてプチ不運というか。昔から友達に『お前ほんと運がねえなあ』って言われるくらいで」

アトラクションで一人だけ濡《ぬ》れる、学校などで割り当てられた道具が自分のものだけ不良品、学校行事で焼き物の体験をすれば一人だけ焼成で失敗する、行列に並んでいたら目の前で締め切られる、購入品は半々の確率で不良品、申し込みの不備がないのに忘れられる、購入した大概の家電は初期不良を起こすなど、いわゆる「『自分の不注意』で片付かない不運」というものに見舞われやすいようだ。

「自分の不注意での不幸だと、遊園地のアトラクションに入って、その一歩目で釘踏み抜いたりとか」

突如痛い話をされて、思わず「いっ」と声を上げて顔を顰めてしまった。

「いや、それ不注意で片付かなくないですか……」

「でもその日の来場者全員が避けられたのに俺だけ踏んじゃってるってことは根本がドジなんでしょうね」

ははは、と明るく笑う乾の顔の横にいる女が、彼の顔を撫でるようにしながらこちらに向かってアルカイックスマイルのようなものを浮かべている。

目のような真っ暗な穴、口のような三日月形の穴が表情を形作っているように見えているだけかもしれないが。

——十中八九、そいつの仕業なのに。

まるで所有権を主張するようにしな垂れかかり、何故か誇示するようにこちらに向かって笑いかけてくるそれに、少々苛立った。

「まあ、不運とは言っても悪運は結構強いんじゃないかなって。その証拠に、死んだりしてないですから」

「……それは、そうかもしれないですけど」

「あんまりネガティブに生きたってしょうがないですからね。一度不幸と思うと、なんでも不幸に思っちゃうし、よくないじゃないですか」

そういう、「気の持ちよう」という次元の話ではない。

彼が命を落としていないのは、死んだらそこで終わり——呪いたくても呪えなくなり、苦しめられなくなるからだ。そんな一言を飲み込む。

「そういうわけで、俺は慣れてるからいいんです」

「それは詭弁《きべん》では……」

「耐性あるほうが耐えたほうが効率いいでしょ?」

そういう問題なのだろうかと、眉根を寄せる。

呪いというのは、即死効果のあるものは殆どない。対象者を悶《もだ》え苦しませるのが目的であることが多いため、じわじわと痛めつけながら弱らせるというのが基本だ。

——かといって、乾さんに「それは呪いのせいですよ」とか言ったら、僕がただの変な奴だしなぁ……。

愁が神社の関係者だからその言《げん》を信じてくれたとして、呪いだなんて言われたらますます困るだろう。そんなことを言われてもどうしたらいいんだ、と思われるに違いない。

——どうにかすることは、できる。

だが、陵との遣り取りを思い出したら、申し出ることに躊躇《ちゅうちょ》せざるを得なかった。

いとし子であることを隠したとして、他人をただで助ける理由がない、とそれでも陵は断じるだろう。

力を勝手に使うような真似はするな、と彼は命じるように言い、自分はそんなことをするほど善人ではない、と愁は答えた。

——だけど、乾さんは僕を助けてくれた。

愁を助けたら自分が痛い目を見るとわかっていたわけではないだろうが、結果的にそうなった。

ならば、お礼をするのは妥当なことではないのだろうか。

勝手なことをするなと陵や鳥居の人たちには怒られるかもしれない。だけど——と迷っていたら、傍らの乾が口を開いた。

「研究の対象の寺社の一覧に黒沢神社を見つけたとき、正直ラッキーだなと思いました。……黒沢神社には、『除霊師』の噂《うわさ》があるんです」

除霊師、という言葉に目を瞬く。

「――って、関係者に言うのも変な話ですけど」

実際のところ、神社や神道において「悪霊を祓う」という除霊の概念は本来ない。仏教の場合は輪廻《りんね》転生という「転生して生まれ変わる」という概念があるが、神道では、亡くなった人の魂は地上に留まって生者とともにある、とされるからだ。仮に除霊ができるとすれば、その人はそのまま消滅してしまうことになる。

よって神社では普通聞かない単語だが、似たような儀式には当然、心当たりがあった。――「いとし子」のことに違いない。

「除霊師……ですか」

言いながら、ちらりとシュマを見る。

「そう。神社だから、正確には除霊師とは言わないんだと思うんですけど……厄払いとかお祓いとか、解呪とかいうほうが正解っぽいのかな？　とにかく、黒沢神社にはそれに特化した人がいるっていう噂が昔からあって」

愁の背後にいるシュマが、解呪という言葉に反応したかのようにのっそりと前に出る。木札の音を立てながら、犬が目の前のものの匂《にお》いを嗅ぐときのように、シュマは乾に頭を近づけた。

「それで、教授からも取材のGOサインが出たので調べに来たってわけです」

乾も、女の呪いも、シュマを特に気にした様子もない。

呪いは、いつもこうなのだ。シュマは呪いに気づくが、呪いはシュマに反応しない。

――シュマ。駄目だよ。

意思の疎通ができないシュマに無意味とはわかっていても、咄嗟《とっさ》に下がるように手をやる。

シュマのことが見えていないであろう乾はきょとんと目を丸くした。

「どうかしました？」

「いえ……虫が飛んでて」

愁の言い訳に、乾は特段不思議には思わなかったようで、そうですかと笑う。シュマはゆっくりと後退していった。

「……うちに、除霊師がいるって噂、ネットとかで流れているんですか？」

顧客がそれなりにいる以上、愁の――シュマを使役する「いとし子」の存在は、完全に秘匿されているわけではない。人の口に戸は立てられないものの、一方で知る人ぞ知る話であるのも間違いがない。

愁も自分が生まれる前の話は知らないが、「いとし子」に厄払いや解呪を依頼できるのは、ある条件を揃《そろ》えた人物だけである。

まず紹介制であり、表向きは受け付けていないこと。もうひとつは、提示された額の「献金」を用意できること。

人の口に戸は立てられないので当然多少の情報は流れるし、愁が出会った依頼人は皆誰かの紹介だ。昔は簡単に依頼ができるものではなかったというが、インターネットが当たり前の時代になってからは、噂話を聞いてやってくる者も増えたと伯父が依頼人と話しているのを聞いたことがあった。

んー、と乾が首を傾げる。

「実は俺、この間死にかけて」

「えっ⁉」

唐突に思わぬ科白を明るく言われて、ぎょっとして乾の顔を見る。

「フィールドワークで、とある有名な廃村に行ったんですよ。そこでちょっと」

東日本の山奥に位置する廃村へ出かけたらしい乾は、そこで落石事故に遭遇したそうだ。乾のほかにも数名の同行者がいたそうなのだが、彼らは傷ひとつなく、乾だけが落石に命中し、生死を彷徨《さまよ》う大怪我を負ったという。

「知ってます？　人間にでっかくて硬いものがぶちあたると、花火みたいな音鳴るらしいですよ」

明るく言う乾に、口元がひきつる。肺が潰《つぶ》れかけたそうだ。

「いや……知りませんよ。ていうか、なんでそんなこと笑って話せるんですか……」

「生きてるからこそ笑い話というか。いやあ正直、子供の頃から不運だと『またか～こんなもんかな～』って感じに麻痺《まひ》してきちゃって」

のんびりというか危機感がないというか、能天気な乾に啞然《あぜん》とする。

一方で、それほどまでに、乾という男は己の不運に慣らされてしまっているのだと、怖くなった。

彼にしな垂れかかる黒い女に目をやる。話を聞いた上でというわけではないだろうが、耳元まで裂けた真っ黒な口で、女は笑っていた。

最初は小さな呪いも、徐々に大きくなっていけば慣らされて麻痺していく。この楽観的な様子は諦《あきら》めもあるだろうが、慣れによるところが大きいだろう。艱難辛苦《かんなんしんく》も異常さも、習慣化すれば鈍くなる。

命に関わることでも重く受け止められないのはそういうことだ。

「見舞いに来た友人知人も、俺の不運体質は知ってたけど死にかけたのは初めて見て心配してくれたらしくって」

「それは……そうだと思います」

「そのときに、友人や知人から言われて思い出したんです。割と近場にある黒沢神社には昔から除霊？　解呪？　の専門家が今もいる、っていう噂があるって」

戻ってきた本題に、はっとする。

「黒沢神社は、もともと厄払いとか満願成就とかで有名な神社ですよね。あ、今回は禰宜さんにはそっち方面で詳しくお話もうかがったんですけど。除霊師とか、テイマーだとかが昔からいるって伝承自体が元々あるんです」

昔から民俗学や考古学の研究者や、都市伝説好きの間ではまことしやかに囁《ささや》かれているそうだ。陵が「嗅ぎまわっている」と指していたのはこのことなのだろう。

「なるほど……ところで、テイマーってなんですか？」

除霊師はともかく、聞き慣れない単語に首を傾げれば、英語で「調教師」のことをいうのだと教えてくれた。

だが、何故そこで突然調教師なのかと困惑する。不可解そうな顔をした愁に、乾は説明を加えてくれた。

「テイマーってもう一つ意味があって、ゲームとか小説では、モンスターとか、超自然的ななにかを使役する人のことなんだけど……まあ、便宜上そう表現しているだけで架空の職業ですね」

超自然的ななにか――それは紛れもなく、シュマのことを指しているのだろう。モンスターであるシュマを従える「いとし子」は、テイマーのように見えるかもしれない。

あくまで噂であり、「除霊師」や「テイマー」という自分たちでは使ったことがない単語が飛び出してはきているが、要点はとらえた話である。

「……当社の禰宜に、取材なさったんですよね。なにか言ってましたか？」

「それが、そんな話は知らないって」

乾が予想通りの科白を言って肩を竦める。献金が払えるような人物ではない、と判断されたのもあるが、やはり紹介でないと受けないのだろう。

胸の奥が蟠《わだかま》り、ぐっと唇を噛《か》んだ。

「伝承自体は確かにあるけど、あくまでよくある伝承だってことらしくて。まあ、こちらも都市伝説として訊いたので、そりゃそうだろーって話なんですけど」

暗い道を歩きながら、乾の横顔を見る。はじめから期待しているわけではなく、単なる探求心だから、特に絶望的な表情をしているわけでも、身の安全を憂いて残念そうなわけでもない。

それを、何故かもどかしく感じている自分がいた。

「……それで、もし除霊師がいたらどうするつもりだったんですか？　呪いを解いてほしい、って依頼をするつもりですか？」

柳や枯れ尾花のように手や髪を靡《なび》かせる女は、まるで所有権を誇示するように乾にまとわりつきながら笑っている。

愁の問いに、乾ははっきりと「いや」と答えた。

「そんなことより話が聞きたくて！」

目を輝かせる乾に、愁は呆気にとられる。

そんなこと、と言い捨てるにはそこそこ大きな呪いを背負った男は、意気揚々と語り始めた。

「いやこれを言うと語弊があるんですけどね。別に心の底から信じてるわけじゃないんですよ、呪いの存在自体を。でも、民俗学的には興味があるんですよね」

「は、はあ」

いや、後ろ後ろ、と思ったが口には出すわけにもいかない。

「ほら、都市伝説とか怖い話って別に信じてなくても面白いじゃないですか。俺の場合、自分が小さい頃から不運で、周りから『呪われてるぞお前』って揶揄《からか》われたのがきっかけで『呪い』関連に興味を持ったんですよ。大学もそれで学部も選んだし、趣味と実益を兼ねて動画作ったり、教授のお手伝いをしたりして今に至るというか！」

若干早口で捲《まく》し立てられて、その勢いに気圧《けお》される。

――まあ、そっか。呪いが見える人ってそう多くはないし、見えなきゃ信じられはしないよね。……民俗学かぁ。

高校を卒業してから神社でおつとめをしている愁にとっては、かえって遠い話だ。

見ることはできるけれど、学問的な定義やセオリーはわからない。

乾は愁を置いてけぼりにして、まだ語っている。魔除けや厄払いで有名な全国の神社仏閣、また呪いや祟《たた》りをかけるほうで有名な場所や、呪い代行の肩書を持つ民間人など、呪いに関することならフットワークも軽く足も運んでいるそうだ。

だけど呪いは実在しない！　と笑顔で語り続ける男にじっとりと絡みついた女の呪い、という愁にしか見えていない状況がシュールで笑いそうになってしまう。

「もはやライフワークで趣味なんです、呪いが！」

満面の笑みで元気よく言い放つ男の顔の真横には、真っ黒な女の顔が並んでいた。この女は笑わせに来ているのだろうか。

「……ふっ」

つい吹き出してしまい、慌てて口を押さえる。乾は目を丸くし、それから笑った。失礼かな、と思ったけれど乾は気分を害した様子もなくてほっとする。

「……あ、僕、ここなので」

神社から徒歩十分程度の場所にあるマンションを指さし、足を止める。

「そっか、じゃあここで」

「あの……乾さんは、どこに住んでるんですか」

「自宅は都内なんで、電車で通ってます。終電逃したらホテルに泊まりますけど、なんとかそれまでには帰ろうとは思ってますね」

何気なくした質問に乾は笑って答えてくれて、軽く会釈をした。

「帰り道におしゃべりに付き合ってもらっちゃって、ありがとうございました」

「あの、いえ、こちらこそです。えっと……気を付けて帰ってくださいね」

ここから更に五分ほど歩いた場所に、最寄《もよ》り駅がある。だが、呪いを背負っている彼には安全な道程とは言い難いだろう。

ちょっと心配になって言うと、乾は人好きのする笑顔を浮かべた。

「大丈夫ですよ。俺が呪いとか不運とか言ったせいで、心配かけちゃってますね」

いや、本当に背負ってますよあなた。とはやっぱり言えず、「街灯も少ないので危ないですから」と微妙な補足をした。

「明日もまた取材にうかがいます。もし愁くんもお時間あったら、またお話聞かせてください」

「いいです、けど。別に、神主とかじゃない、ただの見習いですけど……」

「いや、愁くんと話すの普通に楽しかったから」

何気なく、けろりと言ったであろう彼のその一言に、どきりとする。

「声音とか、相槌のタイミングとか、表情とか、なんか優しくていいですよね」

愁は子供の頃から今に至るまで、あまり人と関わってこなかったし、学校を卒業してからも付き合いのある友人もいない。家族と呼べる人たちとも殆ど接触がなく、友達もいない愁は、こういったことに免疫がない。

一緒にいて楽しかった、と言われるのは、初めての経験だった。

頬《ほお》が熱くなり、赤くなった顔を見られていないといいなと思う。

「……えっと、ありがとうございます」

「じゃあ、おやすみなさい」

そう言って、乾は首元に女の呪いを巻き付けたまま駅の方へ向かって歩いて行った。死ぬような事故には遭わないというが、少々不安だ。

後ろ髪ひかれながらもマンションのオートロックを開け、自室へと戻る。

ベランダから駅の方を見たが、流石《さすが》に乾の姿は見えなかった。木札の音がするのと同時に、シュマがベランダにのっそりと出てくる。横に並んだシュマに目をやった。

――あの呪い、なんなんだろうなー……。

愁は、呪いを見ることも、シュマに食わせることも可能だが、その背景まではわからない。創作物ではよく呪術者のことを辿《たど》れたりだとか、この呪いはこういう種類のもので、と説明したりするようだが、さっぱりだ。

「……呪い、やっぱり祓ってあげればよかったかな」

愁の問いかけに、シュマはいつものように無言だ。

シュールさについ笑ってしまったが、彼についている「女」の禍々しさはなかなかのものであった。

恐らくだが、長らく憑《つ》いていそうな雰囲気があるし、彼を殺すのが最たる目的ではないのだろう。けれど今までは平気だったからといって、また、呪いは相手を殺すより苦しめることを目的としているといって、今後も殺されないとは限らない。

死にはしなかったが、今までにない大怪我をしたと言っていた。翻ってそれは、あと一歩で死ぬところだったということで、彼の受けた呪いが徐々に肥大化していることを表している。

――近いうちに、取り返しのつかないことになるかもしれない。

そんな予想は簡単についた。

それなのに、自分は彼に憑いている女を祓ってやらなかったのだ。

「……ひどいやつ」

自分可愛さに、他人を見殺しにするのかと自問し、唇を噛む。

――だけど、でも。

隣に佇むシュマを見る。背筋がぞくりとし、己の身に起こることを想像して身震いした。

もう何年、その経験をしていても、未だに慣れることはない。身も心もなにも感じないように努めることはできる。けれど、平気ではない。なにも感じずにはいられない。

誰かの身と己を秤《はかり》にかけて「誰か」のほうを選ばないのは、陵に言ったように、紛れもなく愁が善人ではないからだ。

愁くんと話すの普通に楽しかったから――そう笑った彼の顔が過《よぎ》り、胸が苦しくなった。

あまりよく眠れず、いつも通りの時間に出仕すると、宮司である伯父に呼び出された。

用件はわかっているので、本殿での朝拝を済ませて心身を清めた後、いつもの作務衣ではなく上下白色の装束に着替えて伯父の待つ幣殿へ向かう。

「失礼します」

扉を開けると、中には伯父と、その息子であり禰宜の陵が待っていた。

その前に、失礼しますと言って正座する。

「ちょっと予定外のご依頼を受けたから、準備を頼む。ご依頼主は今日、午後三時には来られる予定だ」

普段なら前もって話が来るものだが、予定をねじ込まれるのは久しぶりだ。

よほどの上得意か、あるいはその上得意の紹介でよほど切羽詰まっているかのどちらかだろう。

「やってくれるな、愁」

「はい」

能面のような笑みをたたえて、伯父がこくりと頷く。

「当代の『いとし子』は……祝福を受けたのはお前だけだ」

「はい」

いつものように定型文を伯父が口にした。言い聞かせるように、儀式のように、伯父は繰り返す。

「お前は、選ばれた子だ。祝福を受けたのだから、身を尽くし、精いっぱい報いるんだよ。それが、選ばれし『いとし子』の責務であり、喜びなのだからね」

子供の頃から何度も言われた言葉に、機械的に頷く。

いい子だ、と伯父は言って、立ち上がった。一時的に伯父が退室し、愁と陵のふたりきりになる。

陵は、シュマを睨みつけていた。シュマは、相変わらず誰にも反応を示さない。

「……昨日来た男、今日も来るらしい。今度は書庫を見せてほしいんだとさ」

「そう、ですか」

本人からその話は聞いていたが、一応そう返す。陵は愁を睨み下ろし、舌打ちをした。

「あの男……やっぱり『いとし子』に興味があるらしい。……別に、完全に秘匿した話じゃないから構いはしないと親父も言っていたが、ただ、お前は余計なことはしたり言ったりするな」

余計なこととは、と思案したせいで返事が遅れ、陵を苛立たせてしまったらしい。大きな足音を立てて近づいてきた陵に、顎を摑まれ強引に上向かせられる。

『いとし子』の存在を話すのはいい。だが自分が『いとし子』だとばらしたり、勝手に解呪をしたりするな。わかったな」

ぐ、と指に力を入れられて、思わず顔を顰める。

「……昨日も言いましたが、しません。する理由がないです」

そう返せば、陵は振り払うように手を離した。そのまま無言で、どすどすと床を踏み鳴らすようにしながら出ていく。

室内にはシュマと自分だけになり、小さく息を吐いた。

──代わりたいのかな。

昔、ここに来たばかりの頃、陵は唯一愁と仲良くしてくれていた人物だった。五歳年上の彼は、まるで兄のように幼い愁の世話を焼いてくれたのだ。それが、幼心にとても嬉しかった。

彼と話をするたびに、そんな記憶が蘇《よみがえ》って少し辛い。

──……僕が「いとし子」だからだろうか。

跡取りの彼ではなく、血の繋がりがまったくない自分が「祝福」を受けたからかもしれない。

それを本人に確かめたことはなかったけれど、それくらいしか思い至る理由がなかった。

──代われるものなら、代わりたい……だなんて、思っちゃいけない。

そうでなければ、自分は捨てられてどこかで野垂れ死にしていたはずの子供だったのだと教えられたのは、五つの頃だっただろうか。「いとし子」となったから必要とされ、鳥居という苗字を与えられて何不自由なく暮らし、高校まで通わせてもらうことができた。

いとし子でない自分など、誰からも必要とされない。

そうでなければ、自分なんか――。

そんな考えが過ったのと同時に、昨日乾に「自分なんかなんて言うな」と叱られた言葉が脳裏を掠《かす》めた。そのくせ、自分は慣れているからいいのだと笑っていた。

――変な人。

ふ、と笑ったら、ほんの少しだけ気持ちが落ち着いた気がする。胸を押さえ、深呼吸をした。

「――こちらへどうぞ」

まるでタイミングを見計らったかのように扉が開き、伯父が戻ってくる。その瞬間、禍々しい気配に無意識に息を飲んだ。

伯父の背後から、依頼主と思われるやたらと高級そうなスーツを身にまとった体格のいい男性、そしてその人物に支えられている在宅用の酸素供給機器を携えた恰幅《かっぷく》のよい男性の二人組が現れる。

酸素供給機器をつけた男性の呼吸は荒く、一人では立てない様子であった。その彼の体半分を覆うほどに、黒い靄がかかっていて、愁からは男性の顔は判別できないほどだ。これほどまでの呪いは久し振りで、伯父は横で平然とした顔を装っているが、微かに体に力が入っているのが見て取れる。

「お待たせいたしました。もう大丈夫ですよ」

伯父の優しげな声に、男性たちは顔を見合わせた。

祝福を受けた「いとし子」だから、困っている人を助けることができ、社会に、引き取ってくれた鳥居家に、貢献することができる。それは愁にしかできないことで、代わりはいない。

この境遇に感謝しこそすれ文句をいう筋合いはない。嫌だなんて思うことはなにもない。そんな必要はない。

からん、と木札の音がした。

自分はとても幸せだ。とてもとても、幸せな子供だった。求められることが自分の存在意義であり、幸せなのだ。報いることが、自分の幸せでもある。祝福を受けたのだから、身を尽くし、精いっぱい報いなければならない。それが、選ばれし「いとし子」の責務であり、喜びなのだから。そうに、違いないのだから。

胸中で、愁は何度も何度もそう繰り返した。

喜びの声を上げ、軽やかに立ち上がった依頼者と伯父たちが退室し、扉が閉まる。閂《かんぬき》のかかる音がするのとともに、愁は倒れこんだ。もう我慢の限界だった。

「……、っ……うぇ……」

受け入れた呪いは、久々の「大物」だった。ひどい倦怠感《けんたいかん》と全身の痛み、頭が割れるような耳鳴りに、吐き気がこみあげてくる。耳元には嗚咽《おえつ》と嘲笑《ちょうしょう》と侮蔑、怨嗟《えんさ》の言葉が大音声で流れ込んでいた。

たまらずに、嘔吐《おうと》した。

普段はなんとか耐えているものの、今回はあまりに呪いが強烈で、生理的な反応で吐き気が止まらない。

「……シュマ……っ」

呼び掛けに、シュマはゆっくりと近づいてきて愁を覗き込む。

シュマの首らしきものに巻かれぶら下がった二枚の木札が、音を立てた。

「――っ」

ぐあ、と大きな口を開け、シュマが愁にかぶりつく。あっという間にシュマに取り込まれた愁は、いつものように身を委ねた。

体が濁流に飲み込まれ、もみくちゃにされるような心地だ。

「……っあ、ぐ……」

愁が引き受けた呪いを、シュマが食らう。

それが「『祝福』を受けた『いとし子』による『解呪』の全容」だ。

体の内外を蝕《むしば》む呪いを体ごと引きちぎられるような、吸い尽くされるような、舐《なぶ》られるような、一言では言い表せない苦痛に身を投じることとなる。

呪いを肩代わりした愁の肌、体中の穴を、蹂躙《じゅうりん》するようにシュマは舐り、啜《すす》り、こじ開け食らう。気道を塞《ふさ》がれて失神したことも、一度や二度ではない。

慣れないといけないとわかっていても、それはいつもとても苦しくて苦しくて、たまらなかった。このまま死んでしまいたいといつも願うけれど、幸か不幸か叶《かな》ったことはない。

——もし僕がこのまま死んだら、完全な原因不明の不審死だよな。

シュマは、特定の人間にしか見えない。つまり、もし愁がシュマや呪いにいたぶられて殺されても、ただの心不全として処理されるだろう。

想像するといつもおかしい。おかしくて笑ってしまいたいのに、苦悶《くもん》の表情で嗚咽と呻《うめ》き声をもらすことしかできない。

失神しても、いずれ揺り起こされる羽目になる。

「……あ、ぁ……っ、う……」

どれくらい時間が経ったのか、無意識に這《は》いつくばって逃げる体を、シュマがのしかかって押さえつける。口をこじ開けられ、口腔内にシュマから伸びた太い触手のようなものがねじ込まれた。息苦しさにもがく愁の性器や尻にも、同じものが伸びていく。四肢の自由は利かず、上から、下から、責め苛《さいな》まれた。

全身を蹂躙され、愁は呻き声をあげながら床に爪を立てる。

幼い頃は、やめて、いやだ、と泣き叫んだこともあった。

だが、拒んでも、助けを求めても、シュマがそれに応えることはない。応えてもらっては、結果的に愁も依頼人も困るのだ。

シュマに食われなければ「呪い」はなくならない。愁が呪いを肩代わりして引き受けることになるか、あるいは依頼人のもとへ返ってしまう。

「！　っ、ぅ……」

重苦しく激しい苦痛の中に、妙に熱っぽい感覚が湧いたのを悟り、無理矢理全身の力を抜いて心を無にする。

昔は、ただ痛くて、気持ち悪くて、怖かった。だが、精通する少し前あたりからだろうか、下腹にじわりと熱が溜まるような感覚がし始めたのだ。

そしてある日、解呪の後に初めて自分が射精していることに気づいたとき、罪悪感と絶望感に嘔吐した。

シュマはただ食事をしているだけなのに、自分はこの儀式が死ぬほど苦しくて嫌なはずなのに、快楽を受けたかのような反応を示す体が信じられない。自分の体が自分の心を裏切っているようで、嫌悪と憎悪などでは言い表せない気持ちに襲われた。

死んでしまいたい。だけど、自分には「責務」がある。いとし子として生まれた自分には、己に対する生殺与奪の権さえない。逃げてはいけない。

だから、心を殺すことにした。なにも、感じないことにした。

――早く、終わって。

これが自分の責務であり喜びなのだと胸中で繰り返しながら、愁は「解呪」の時間をいつものようにやり過ごす。

餓《う》えた獣がそうするように、黒い塊は愁の体を舐り啜った。

じゅるじゅると啜るような音と枯れ枝の折れるような無数の音、沼から湧く泡のような音と臭いとともに、いくつもの嗄《しわが》れた咆哮《ほうこう》が上がる。それは呪いの残滓《ざんし》であり、愁のものではない。

幼い頃は、愁も悲鳴を上げていたような気がする。泣いて、誰かに助けを請うたような覚えが朧《おぼろ》げにある。だが今はなにも感じない。

心も、体も、なにも。


それからどれくらいの時間が経過したのか、ふっと体が軽くなった。

シュマが食事を終えたようだ。先程までの勢いが嘘のようにのんびりとした動きになり、いつものように愁の傍に鎮座する。木札の音が少し離れたところから聞こえた。

乱れた装束も、自身の涙や唾液《だえき》で汚れた顔もそのままに、愁は床に四肢を投げ出したまま動けずにいる。

——……今、何時だろう。

窓がなく締め切った建物の中では、外の明るささえもよくわからない。今が夕方なのかもう夜になったのかさえも判然としなかった。

もっとも、儀式のある日の愁はお勤めがすべて免除されるので、時間を気にする必要はない。

指一本も動かせないほど疲弊しきった愁は、瞼《まぶた》を伏せる。今日は、いつもよりもずっと「大物」だったと、改めて実感していた。シュマもいつもより荒々しく、時間がかかっていた気がする。

——こんなにひどいの、久し振りかもしれない……駄目だ、起きられない……。

目を閉じてから更にどれくらい時間が経過したのか、ふと扉が動く気配がして、いつの間にか落ちていた意識がほんの少し浮上した。

「——愁」

不機嫌な調子で名前を呼ばれるも、目を覚ますには至らない。だが、それが陵の声だということはわかった。

ほんの少しの間を置いて、大きな足音が近づいてくる。顔を覗き込まれる気配があり、頬《ほお》に触れられた。

「……愁？」

もう一度名を呼ばれる。

その声音は、いつもより数段柔らかい。まるで、子供の頃——彼がまだ、優しかった頃の響きに似ていた。頬や髪に触れる手も、同じくらい優しいような気がする。

内心戸惑っていたが起きられずにいる愁の傍らに、陵は黙したまま膝をついた。それから間もなく温かいものが体に触れてくる。お湯で絞ったタオルのようだ。

陵はいつもではないが、今日のような大きな呪いを解く日などには、終わるタイミングを見計らってこうして様子を見に来てくれることがあった。

そういうときは決まって、タオル数枚と着替え、湯を溜《た》めた桶《おけ》を用意してくれている。意識がない愁の後始末や着替えをしてくれるのは、いつも陵なのだと聞いていた。

——何度か気を失って、そのまま幣殿で一晩過ごして風邪をこじらせて迷惑をかけたことがあったから……跡取りの責任を感じて、面倒をみてくれているんだろうな。

まだ愁の意識は夢現《ゆめうつつ》の状態ではあるが、本当に世話をしてくれているのを体感するのは初めてのことだ。

陵は、涙などでぐちゃぐちゃに汚れているであろう愁の顔を、優しく拭《ふ》いてくれる。

——……そんなことさせてしまって、すみません。ごめんなさい。自分でやりますから。

そう言いたいのに、自分の口から発せられるのは小さな呻き声のようなものだけだった。自

覚していた以上に体が疲労していたようだ。

陵は殆ど裸の状態の愁の肌を、清拭《せいしき》をするように丁寧に拭いていく。首、鎖骨、腋《わき》、胸、腹、と徐々に下りていった。

紐《ひも》を解かれ、下着ごと袴を脱がされる。外気に触れた肌が、ほんの少し粟立《あわだ》った。それから数秒ほどの間があり、やがてタオルが太腿《ふともも》の内側に触れる。

その瞬間、嫌悪感にも似たものが背筋を走った。

「……っ」

反射的にびくっと体が竦《すく》み、瞼を開く。体を拭いてくれていた陵と目が合った。

気まずい沈黙が流れて、愁は躊躇しながらもよろよろと上体を起こす。そのときに改めて下肢が完全に剝《む》き出しなことに気が付いて、隠すように膝を抱えた。

恐らく同様のみっともない姿を見られるのは初めてではないと思うが、羞恥心《しゅうちしん》くらいは持ち合わせている。

「す、すみません。あとはもう、大丈夫です。自分でやります……できます」

蚊《か》の鳴くような声で言う己の頬が、ひどく熱を持つのがわかる。隠すように頭を下げるも、陵はなにも言わない。ただ、親切心を無下にしたであろう愁に憤慨しているのだろう、ち、と幾度目かの舌打ちが聞こえた。

陵はシュマに一瞥をくれたあと、こちらにタオルを投げつける。

「だったらさっさと支度をして帰れ。明日も早いんだ」

「……はい。おやすみなさい」

陵は無言で、挨拶も返さないまま建物を出て行く。張りつめていた空気が緩み、ほっと息を吐いた。

先程一瞬だけ優しかったような気がしたのは自分の願望交じりの夢だったに違いない。彼は跡取りだから、義務感で愁の面倒を見てくれているのだ。

投げられたタオルを拾い、自分の体液で汚れた内腿を見て唇を噛んだ。自分の出した精液で汚れた下肢を、ごしごしと強い力で擦る。痕跡《こんせき》が消えても事実は消えないというのに、滑稽《こっけい》だ。

眼前の状況と、陵のことを思い返して、陰鬱《いんうつ》な気分に陥る。

呪いに蝕まれ、シュマの「食事」に身を投じて暫くしてから、人の肌の感触さえ駄目になった。他者と接触すると、呪いとシュマの触感を想起してしまうからだ。

己の情けなく厭《いと》わしい今のような醜悪な姿を思い出し、自己嫌悪で死にたくなる。

――きっと、このまま人と触れ合うこともないまま、死ぬんだろうな。

他者と触れ合わないまま、恋をしたり、愛したりすることもないまま、きっと自分は死ぬ。したいと思ったこともないし、想像さえできなかった。

――僕には、必要ない。

昔から同級生や同僚とは必要最低限の会話だけで済ませてきたため、愁には親しい人間がいない。欲しいと思ったことがない。何故なら、愁の人生は最後まで「いとし子であること」だと決まっているからだ。友達も、家族も、恋人も、いとし子には不要であり、世のため人のために感謝しながら静かに生きていくのが当然なのだ。

「……だから、必要ない」

噛んで含めるように、ぽつりと呟く。

愁がその人生において一番話しかけた相手は、意思疎通のできないシュマだった。考えてみればおかしくて、笑いが漏れる。

怠《だる》く重い体で長い時間かけてどうにか身支度を整え、外に出た。夕拝などとっくに終わっている時間のようで、外は真っ暗だ。

重い足取りで、鳥居の方へ向かう。背後から、シュマの首から下がる木札の音がからんと鳴った。

「……疲れたね、シュマ。お疲れ様」

応答など返ってこないことはわかっていても、常に隣にいるシュマについ声をかけてしまう。

――そういえば、今日も乾さんが来るって言ってたっけ。

愁に積極的に話しかけてくる稀有な人間である乾には、今日は一度も会えなかった。

――好奇心旺盛な人だよなぁ。……もし、乾さんにシュマが見えたらすごく興味持ちそう。きらきらと目を輝かせる乾を想像したら、口元がほころんでしまった。

「──愁くん」

　乾のことを考えていたからだろうか。乾の声が聞こえる。

　そう思って顔を上げたら、境内の外、歩道のところに乾と真っ黒な女が立っていて思わず「わ！」と声を上げてしまった。

　よろめいて、そのまま尻もちをつく。驚いたのは乾も同じで、慌てて駆け寄ってきた。

「大丈夫か！　ごめん、俺が急に声をかけたから……」

「い、いえ……単に僕が愚図なだけで」

　支えて立たせてくれる乾にそう言うと、彼は微かに眉を寄せた。

「そういう言い方すんなよ。具合悪いんだろ、顔色悪い……あっ！」

「えっ？」

　突然声を上げた乾に、つられて驚いてしまう。乾はいやいや、と首を振った。

「すみません、焦りすぎて思わずタメぐち利いて……」

　なにを焦っているのかと思えばそんな話で、つい笑ってしまった。

「気にしないでください、乾さんのほうが年上なんですから」

「いや、年齢は俺の方が上でも、取材させてもらっている立場でそれはちょっと」

「取材って言っても、別に僕個人にしてるわけじゃないですし。あまり気にしなくていいです、本当に」

愁の言葉に、乾は頭を掻く。

「じゃあ、お言葉に甘えて」

「はい。……でもどうしたんですか。こんな時間に」

「あー、ちょっと調べものをしてて」

そういえば、彼は前回もそんなことを言って山にこもっていた気がする。今日はどこを調べていたんだろうと思いながら、相変わらず乾にしな垂れかかっている女にも目を向けた。

一日二日で肥大するものではないが、当然小さくもなっていない。時折、神社に足を踏み入れれば悪霊が弾《はじ》き飛ばされたり小さくなったりするのでは、と誤解をしている人もいるが、そう上手《うま》くはいかないものだ。神様だって、頼まれもしないことはやらない。

「愁くんは、今帰り？」

「あ、はい。そうなんです」

そう言いながら歩き出すと、乾も続いた。今のところまだ、乾としゃべっているところを見咎められたことはないが、早く退散するにこしたことはない。

若干早歩きになりながら、鳥居をくぐって外へ出る。

「愁くんも、随分遅い時間までいるんだね。なにかしてたの？」

並んで歩く乾に問いかけられ、ぎくりと体が固まる。

「少し、仕事が残っていて」

シュマと一緒に解呪の儀式をしたこと——つまり自分が「いとし子」という役割であることは、口外できない。だが、その事実を言えないこととは無関係に、後ろめたいような気まずさを抱える。

何故かはわからないが、そのことを乾に知られたくなかった。「いとし子」のことを言ってはならない、という決まり事にほっとしている自分がいる。

そして、乾と関わるな、と陵から厳命されているのにこうして談笑していることへの後ろめたさや、露見したら怒られるという焦りがあった。

「もたもたしてたら、遅くなってしまって。こんな時間に」

「わかる。俺も没頭すると時間忘れちゃうんだよね。今帰りなら、よかったら今日も一緒に帰らない？」

「……ええと、はい」

子供の時分でさえ友達が少なかった自分にとっては、なかなか言われたことのない誘い文句に戸惑いつつも頷いてしまった。学校へは行かせてもらっていたけれど、愁には「いとし子」としてのお勤めがあり、下校時刻になったらすぐに神社へ戻らねばならなかったのだ。だから、同級生とさえ一緒に帰ったことは殆どない。

——陵さんの言いつけを、また破っちゃった。

関わるなと言われたのに、乾と並んで道を歩いている。いけないことだとわかっているのに。

そんな愁の葛藤《かっとう》に気づいた様子もなく、薄暗い道を歩きながら乾が楽し気に「今日はねー」と話し始めた。

「また神社内を見学させてもらいながら、黒沢神社の歴史や謂《いわ》れについて調べたり、経営戦略について訊いたりとかしてて。明日は市立図書館にいってもろもろ調べる予定なんだ」

「あれ？　禰宜への取材は、初日だけだったんじゃ……」

「あれこれ調べたいことが出てきちゃって！　再度取材申し込みしたんだ」

にこにこする乾の向こう側に、苦虫を嚙み潰したような陵の顔が浮かんで笑いそうになる。関わるなよ、余計なことを言うな、と厳命している彼のほうが、よっぽど乾と関わっているようだ。もっとも、彼は余計なことは絶対に言わないだろうが。

「経営戦略とかも、研究するんですか？」

「あー、いや。そっちはライターのほうの仕事で取材させてもらったんだ」

「ライターさんもされてるんですか？」

研究職以外に更に別の仕事まで、と驚いたら、いやいやと乾が首を振る。

「ライターは趣味と実益を兼ねた内職みたいなもので。研究者の、しかも俺みたいな助手は一本じゃ食ってけないからね……」

ふ、と遠い目をしながら乾が言う。大学に進学したことのない愁には具体的に想像はできないのだが、乾の探求心とバイタリティに感心してしまった。

「というわけで、今回は書庫の文献……古文書とかも含めて、いろいろ拝見させてもらえたんだ。貴重な資料見せてもらえて、めちゃくちゃテンション上がっちゃった」

うきうきとした語り口に、愁もなんだかつられて楽しくなってくる。

「そうなんですか。書庫なんて、掃除以外で入ったことないです」

「えー、もったいない！　勉強会とかしないの？　ああでも、愁くんに限らずだけど日々の仕事が多くて、本なんて見てる暇がないかもだね」

「僕は暇があっても読まないとは思いますけど……なにか面白いこととかありましたか？」

何気なく投げかけた質問に、乾は勢いよく頷く。

「すっごくあった！　黒沢神社って旧社格では郷社で、今祀《まつ》っている御祭神の半分は明治になって神仏分離のときに祀られるようになった比較的新しいもので、江戸までは産土神《うぶすながみ》が本来の御祭神だったんだよね！」

「はあ……」

一応、今の御祭神がなにかは把握しているが、そこまで詳しくは知らなかった。曖昧に首を傾げた愁に、乾は少々前のめりにそうなんだよと頷く。

つまり、黒沢神社は明治から戦中までは市から奉幣を受けており、現在祀られている神様は明治時代からの新しいもの。それまでは産土神――その土地を守護する神様のみを祀っていた、ということらしい。

なんとなくそんな話を教わったことがあった気はするが、すべて「昔は」とアバウトなくくりで覚えていた。

「その産土神が、八方除けの力を持っていた、って記載を見つけたんだ。こちらの所蔵じゃない、郷土史の史料にあたったときに書いてあって。……噂で聞いた『テイマー』って、もしかしたらその関連のことなんじゃないかなって思って」

思わず、シュマへと視線を向ける。

「……それで、なにか答えはあったんですか?」

「いや、それが実はよくわからなくて。今日見せていただいた資料には、その手の記載がなくてね。宮司さんにもうかがったんだけど」

そう言って、乾が一旦《いったん》言葉を切る。

「なんだか、はぐらかされた気がするんだよね」

「はぐらかす?」

「そう、普通なら『知らない』『わからない』とか『そんな事実はない』とかいう答え方が無難だと思うんだよ。だけど、妙に意味深というか、『どうですかね。そういう噂はあるようですけど』みたいな感じだったんだよね。……まあ、考えすぎかな」

伯父の意図はわからないが、子供の頃から一緒にいるシュマのことは、愁自身でさえよくわかっていない。誰かが明確にわかっているかどうかも、愁は知らない。

シュマに選ばれて「祝福を受ける」と、その対象は「いとし子」と呼ばれて解呪を行う役割を担う。それ以上のことはなにも知らないし、深く掘り下げようとしても誰も答えなど持ち合わせていないのだから追究するだけ無駄なのだと思っていた。

「もし、愁くんが黒沢神社の『テイマー』についてなにか知っていたら、教えてほしいんだけど」

乾の言葉に、愁は落胆に似た気持ちに襲われた。

——もしかして、それを僕から聞き出すために待ってたのかな。

親しく話しかけてきたのも、伯父や陵からは聞き出せないような話を得るためだったのかもしれない。伯父と陵の家族のほかに、「鳥居」の苗字を持つのはこの神社では愁だけだ。

伯父と陵は自分と違って賢いから、余計な話はしないだろう。

——なるほど。

合点がいった、と納得したのと同時に、なんだか胸の奥がすうっと冷たくなるような、頭から血の気が引くような感じがした。

それがどういう感情なのかもわからず、無意識に胸を押さえる。

黙り込んだ愁を怪訝に思ったのか、乾が「愁くん？」と覗き込んできた。

「どうかした？」

「いえ……、あの」

詮のない言葉が零れ、一旦口を閉じる。なにを言いたいのかが、自分でもわからない。

「愁くん？」

「――テイマーのことは知らないですけど……多分八方除けというか『解呪』のことだと思います」

愁の発言を受けて、乾は瞬時にポケットから携帯電話を取り出した。どうやら、そこにメモをとっているようだ。

はっとして、愁は口を噤む。

――なんで、なにを口走ったんだろう。

気が付いたら、「いとし子」に近づくような話を零してしまっていた。だがもう遅い。

「ええと、『解呪』？　……黒沢神社が秘密裏に『特別な御祈禱』をしてるとか追儺とか厄払いをしてるっていう噂があるけど、そのことを公式には『解呪』と呼んでいる、ってことであってる？」

乾はすごい勢いでメモを打ち込んでいた携帯電話から目を離し、表情を輝かせた。

「その噂自体は知らないですけど、そうですね」

「情報ありがとう。なるほど、神社で『解呪』かぁ……」

自分などよりも、乾のほうがよほど黒沢神社について知っているに違いない。もしかしたら先程のたった一言で愁の知らないなにかが類推されているのかもしれないが、わからなかった。

陵には「いとし子」について話すなと言われていたが、このくらいならばいいだろうか。駄目だったら伯父や陵に叱責されるかもしれないな、とぼんやり考える。

いまだ嬉しそうに携帯電話にメモを書き留めている乾に、愁はぺこりと頭を下げた。

「……じゃあ、もうこれでいいですか?」

愁にもう、用事はなくなったはずだ。そんな事実に、打ちのめされる。

一緒にいるのが辛かった。命令に背いて、ふらふらと付いていった自分は愚かだなと自嘲する。

愁の言葉に、乾が怪訝そうに顔を上げた。

「え? 家まだだよね?」

方向こっちで合ってたよね、と指をさす乾に、戸惑いを覚えながら頷く。

なんだか会話が嚙み合っていない気がする。

「そうですけど」

「でも今、切り上げる感じで話してたから。家もうちょっと先なのに、なんで?」

どういうことかと思ったが、先程の「これでいいですか」が退席するような意味合いで聞こえたらしい。

「ええと……そうじゃなくて、聞きたい話が聞けたなら、もう僕に用事ないですよね? っていうことです」

質問をしたいがために愁と話をしていたのであれば、もう聞きたいことは聞いたはずなのだし用はないはずだ。まだなにかあるのだろうか。

愁の発言を受けて、乾は頬を強張らせて硬直した。それから慌てて携帯電話をポケットにしまい、愁に向き直る。

「ち、違う違う！　俺別に、愁くんを利用して情報引き出そうとして話しかけてたとか、待ち伏せしてたとか、そういうつもりじゃないよ⁉」

全力で否定する乾に、愁は目を瞬く。乾は眉尻を下げた。

「申し訳ない。ごめん。完全に俺が悪い。そりゃ確かに取材に来てるし興味もあるから話を聞けたら嬉しいし、だからいろいろ聞いちゃったけど……別にそればっかりでもないんだ」

本当だよ、と乾が必死になって訴えてくる。愁に対してそんなに必死になる必要なんてないはずなのに。

だがメリットがないからこそ、乾が本当のことを言っているのかな、とも思えた。

無意識に硬くなっていた愁の表情が緩んだのを見て取ってか、乾がほっとしたように小さく息を吐く。

「愁くんが最初に話しかけた相手で、しかも親切にしてくれたし、もっと話したいなって思ってたんだ。そしたら、たまたま帰り際に会うことが重なって……特に変な下心とかなかった。それは本当だから」

そこは信じてお願い、と重ねた乾に、愁はこくりと頷いた。乾がほっと胸を撫でおろしていた。
自分なんかの言動に翻弄《ほんろう》されたようなリアクションをする乾が意外で、不思議な気持ちにな
る。

「言葉足らずで、本当に申し訳ない。オタクという人種は、対象に向かうとちょっと理性が飛
んじゃう生き物なんです……」

「オタク？　乾さんが？」

なんだか彼に不似合いな単語を聞いた気がしてつい口にしてしまうと、乾は「研究者なんて
みんなオタクだよ」と乱暴なことを言った。

「あの、今日ってこれからなにか用事ある？」

「え？　いえ、特には……これから家に帰ってご飯食べて寝るだけです」

黒沢神社では、夕拝の時間が終わったら食事をせずに解散する。そして、趣味もない友人も
いない愁は、帰宅後には食事をして就寝する以外に予定のない毎日だ。

そういうと、乾がにこりと笑った。

「じゃあ、一緒にご飯食べに行かない？」

その日以来、乾《いぬい》と愁《しゅう》は帰宅時間が重なったタイミングで、帰り道に一緒に夕食を取るようになった。

といっても、乾が時間を合わせてきてくれているのか、この一週間は殆《ほとん》ど毎日である。

今日も夕拝の後、鳥居の前に乾が立っていて、連れだってファミレスへと直行した。

相変わらず、陵《りょう》から「近づくな」と命じられていたことは頭にあったのだが、乾に笑顔で「行こう」と誘われると、抗《あらが》うのが難しかった。それは初日からそうだ。

自分の気持ちを優先させて行動を取るのは、もしかしたら初めてのことかもしれない。乾と一緒にいると、罪悪感でどきどきする。けれど、いつも自分自身に抱いている罪悪感や嫌悪感とは違っていて、それが不思議だった。

「――それでね、『呪《のろ》い』っていうのは一時、悪い意味がまったくなくなる時代があるんだよ。例えば、まったく同じ術とか儀式なのに、それが『まじない』って呼ばれてよいことに使われたりするのね。それって毒と似てるよね。使い方によっては毒にも薬にも……」

駅前にあるファミレスにて、立て板に水の如《ごと》くしゃべる乾は楽しそうだ。彼の様子を見ている愁も、つられて楽しい気持ちになる。

最初は「解呪」について乾から愁に質問があったのが、途中から「呪いとは」という概念や定義の話にシフトして乾が説明をし始めたのだ。

正直なところ、愁自身は小さな頃から自分の意思とは関係なく流されるまま黒沢《くろさわ》神社での義務を果たしてきたので、必要最低限以外のことはなにもしらない。

乾と会話をして、自分には知識がないということを改めて知る思いだ。

仔細《しさい》を省いてそんなことを言ったら、乾は「渦中のほうが気づきにくいものだよ」とフォローしてくれた。

「――っと、ごめん。俺ばっかり一方的にしゃべって。愁くんが聞き上手だからつい……」

「そんなこと、初めて言われました」

ほんとに？　と乾が驚いた顔をする。乾のほうこそ、話し上手だと思う。

本人が自称するように呪いオタクの乾は、仕事相手だけでなく友人関係においても嬉々として語るため、今はもうプライベートでは同じ呪いマニア以外は真面目《まじめ》に話を聞いてくれないらしい。

人と談笑すること自体が珍しい愁にとって、その話は意外に思えた。

「そうなんですか……知らないことばっかりで、僕は楽しいですけど」

それは本当だ。罪悪感や後ろめたさがあるのに、乾とこうして一緒にいることを選んでしまうのは、楽しいからだった。

それに、割と物騒なことを嬉々として話す乾が可笑《おか》しい。

「愁くん……なんていい子なんだ……」

「いえ、本当に面白いですよ。なかなかこういうお話って聞くことがないので。都市伝説っていうんですか？　そういうのも初めて聞く話ばっかりで楽しいです」

実話じゃないんですよね、とひそひそと問うと、乾が笑った。

あまり免疫がないからということもあるが、語り口が上手なせいで、本当のように聞こえてしまうし、信じてしまうのだ。

「そういうこと言ってくれるの、もはや俺の周囲は愁くんだけよ……。お詫《わ》びとお礼にドリンクバー取ってくるね。なにがいい？」

「あ、えっと、冷たいお茶で」

了解、と言って乾が二人分のグラスを持って席を立つ。その後ろに、店内にいる人たちが殆ど見えていないであろう「女」が、相変わらずぺったりとくっついていた。

——あ。

そしてその女が齎《もたら》している「呪い」の力によって、乾はドリンクバーに向かって走っていった男児にぶつかられ、飲み残していたジュースをひっかけられていた。地味で小さいけれど、嫌な気持ちになる「不幸」だ。

愁は、咄嗟《とっさ》に浮かせていた腰を下ろし、小さく息を吐いた。

「はい、お待たせ～。ちなみに、パンは食べ放題だから足りなかったら持ってきて」

「あ、ありがとうございます。いただきます」

小さな不幸に見舞われた彼だが、普段から慣れっこなのだろう、まったく気にした様子もなく戻ってくる。

逃げ出した幼児に怒るでもなく、何事もなかったかのようにドリンクを注いでいた。

「あの、大丈夫でしたか。ズボン」

「ああ、ちょっとかかっただけだし、平気平気」

ずっと眺めていたが、親は気づいているのかいないのか、謝りにも来なかった。だがそれすらも、彼は気にしていないようだ。

くすくす、と肩口で女が笑っている。それがひどく耳障りに感じて、愁は眉間《みけん》に皺を寄せた。

せっかく楽しい気持ちになっていたのに、水を差される。だがそれは自分にしか見えていないので、乾本人に言うのは憚《はばか》られた。

一緒にいる時間が増えたこともあり、必ずこの女が、乾に大なり小なり不幸を齎す場面を目にする。

女の形のそれに自我があるのか、愁を認識しているのかどうかはわからない。だが、彼を不幸な目に遭わせて、何故か勝ち誇ったような笑いを漏らすのも、嫌な気持ちにさせられた。

持ってきた炭酸のドリンクを飲む乾の横を、店員が通る。その店員の腕を、「女」がぐいと引っ張った。突然なにもないところでバランスを崩した店員が持つトレイのスープが、乾に向かって滑っていく。

「――、乾さん！」

咄嗟に立ち上がって、スープカップを手で払う。

ほんの少し手にかかったが、カップの中身は誰にかかることもなかった。床に落ちたカップが甲高い音を立てて割れる。

「も、申し訳ありませんお客様！　大丈夫ですか⁉」

「愁くん、大丈夫⁉」

「平気です。ちょっと触ったくらいで」

店員が慌てておしぼりを愁に渡す。本当にほんのわずか手にかかったけれど、火傷《やけど》もなく無事だ。だが、自分がひどい目に遭ったときより、乾のほうがよっぽど顔面蒼白《そうはく》で心配になる。

すぐに奥から店舗責任者も出てきて謝罪され、結局その日の食事の代金が無料になってしまい、かえって恐縮してしまった。

「なんか、全然大したことなかったのにかえって得しちゃって、申し訳なかったですね」

店から出て、帰り道を二人で歩きながら、乾にそんなふうに声をかける。努めて明るく言ったつもりだったが、対面の乾の表情は晴れない。

「……乾さん？」

思いつめたような顔をする乾に呼び掛けると、勢いよく頭を下げられた。

「……ごめん、俺のせいで」

「いや、乾さんというより……」

もとをただせば悪いのは「女」だ。

乾は表情を曇らせたまま、頭を振った。

「俺は慣れているからいいんだよ、本当に。庇《かば》ってくれた人が怪我《けが》するのは辛《つら》いよ」

もし乾や彼を助けに入った人が怪我をすれば、先程の例だと店員さんも不幸な目に遭う。どう転んでも、乾は傷つくのだ。

くすくす、と女が笑う。まるで、彼の生殺与奪の権をすべて握っているとでも言いたげで、なぜだか無性に腹が立った。

「だから、さっきみたいなときに庇ってくれなくていいよ」

「――」

そのとき、己の裡《うち》に湧いたのは、遣る瀬《やせ》なさにも怒りにも似た感情だった。その矛先が元凶である「女」に向いているのか、諦《あきら》めたように突き放す乾に向いているのか、なにもしない己に向いているのか、あるいはそのすべてなのか、自分でも判然としない。

頭に血が上る、というのを、初めて体験する。気づいたら、数日前乾にされたように、彼の肩を叩《たた》いていた。力加減を誤って、そのときの彼よりもだいぶ強い力で叩いてしまったので乾は目をまんまるくしている。

「そんな、そんな風に言わないでください。もっと自分を大事にしてくださいよ、乾さんだって！」

「愁くん」

「呪われてるからって、諦めないでください！　慣れに誤魔化されてたら、本当にその女に殺されますよ⁉　自分のこと、大事にしてくださ――」

乾のびっくりした表情に、はっと口を噤《つぐ》む。自分でも驚いてしまって思わず手で口を覆ってしまった。

他者に怒鳴られることはあっても、他者に対して感情を露《あら》わにするということがないまま育ってきた。自分にそんなことができるだなんて思いもしなかった。気まずさに冷や汗が出る。

乾は目をぱちぱちと瞬き、それからずいっと顔を近づけてきた。

「――俺、ほんとに呪われてるの⁉」

大声で叫んだ彼に、愁は目を瞬く。

それから、先程自分が「呪われてる」と発言してしまったことに気づいた。

今更誤魔化そうにも、テンションが急激に跳ね上がってしまった乾は聞かなかったことにしてくれる気配がない。

水を得た魚のように、呪いという情報を得た乾は、直前までの落ち込んだ様子が嘘《うそ》のように元気になっている。結果としてはよかったが、困った事態になった。

「なんかね、しゃべっててやけに愁くんの視線がずれるときがあるなって思ってたんだよね！　愁くん、本当に見える人なんだ⁉　女って言ってたけど、呪いって性別あるんだね⁉　てことは人型？」

しかも実は怪しまれていたという情報まで挟まれて、否定するのはもう遅いかもしれない。興奮した様子で迫られ、背後のシュマが動いたような気がして、思わず体を引く。たじろぐ愁を意にも介さずに、乾はぐいぐいと距離を縮めてきた。

「俺についてる呪いってどういう感じ？　そもそも呪いって『ついてる』っていうのが正しいの？　生き物みたいなのかな、それとも影みたいなの？　あるいは、概念みたいに肌で感じるってことなのかな⁉」

矢継ぎ早に問われて、愁は困惑する。

ひとけのない田舎の道とはいえ、やたら大声なので「しー！」と人差し指を唇に押し当てたが、乾のテンションは収まらない。

「あの……こんなところで話すのもなんなので……うち、来ますか？」

せめて場所を移動せねばと、おずおずと申し出ると、乾は間髪を容れずに「ぜひ！」と目を輝かせた。

「……あの、汚いところですけどどうぞ」

「これが汚いなら、うちはゴミ箱だなぁ」

生まれて初めて、引っ越し業者以外の人間を家にあげた。

1LDKのオートロック付きマンションは、高校生のときに一人暮らし用に与えられたもので、二十歳のときに権利書をもらったため現在は愁の持ち物となっている。

来客用のものもなにもない、必要最低限の家具しか揃《そろ》っていない部屋を見て、乾は「モデルルームみたいだね」と良いように言ってくれる。

二人用のダイニングテーブルの椅子に促して冷蔵庫に作りおきしている麦茶を出すと、そわそわした様子の乾は「いただきます！」と言って一瞬で飲み干してしまった。

早いところ呪いの話がしたいんだろうな、と思い、愁も対面に座る。なんとなく、彼の目が期待に輝いている気がした。

「えっと……乾さんには、ずっと女の呪いがくっついてます」

「えっ⁉」

どう説明したものか迷った挙句シンプルな科白《せりふ》を言うと、乾は勢いよく後ろを振り返った。

だが、女は乾の首にしがみついているので、もし見える体質だったとしてもその状況では視界には入らなかっただろう。

ぐりんとこちらに向き直り、乾は「どんなやつ？」と興奮した様子で問うた。

「どんな……」

「あ、じゃあどんな感じか、絵とか描いてみてくれる？」

彼は鞄《かばん》からペンとメモを取りだし、愁の前に置いた。

「絵、ですか」

あまり美術の成績は良くなかったんだけどなあ、と思いながら、なんとか絵心がないなりに苦心して表現しようとしてみる。

棒人形に顔を描いて、その首元に暗雲のようなもやもやを描きこんだ。

「こんな感じで、今はいます」

「え、こんなマフラーみたいに巻き付いてるの？　雲みたいな感じ？」

そう言いながら、乾が自分の首元を触る。だが当然女に触れることはなく空振りした。

「そういうわけではないんですけど……結構かたちとしては、あやふやになりがちっていうか」

シュマのように完全にはっきりとはしない。殆ど靄《もや》になることもあるし、目鼻が見えそうなくらいはっきりとすることもある。

乾は「なるほどなるほど」と納得したように愁の下手くそな絵を眺めた。

「雲みたいだったり、はっきり人型だったり？　てことは、がっちり首で固定されてるって感じじゃないのかな？」

今は人が真っ黒な綿あめに包まれているような感じなのだが、愁の画力ではいかんともしがたい。だが説明も難しいし、乾には見えていないので、そういうことにした。

「今はこんな感じですけど、普通に寄り添ってたり、斜め後方に浮いてたりとか、結構移動はしてますね。でも基本は、乾さんにべったりくっついているみたいな」

「メンヘラ彼女みたいだな」

「い、乾さん……っ」

単なる軽口だったであろう乾の科白に、女が肥大する。感情の種類はよくわからないが彼の言葉に反応したのは明確で、慌てて口を閉じさせる。

「……なにか、心当たりってあったりしますか？」

「心当たりって言ってもなぁ……女性でしょ？」

「ええ。多分髪のすごく長い……失礼なんですけど、歴代の彼女さんで、なんかひどい別れ方したとか、亡くなられた方とか」

愁の質問に、乾はやけに確信をもってはっきりと「該当する人物がいない」と答えた。

乾は男の目から見ても整った容貌《ようぼう》をしているし、雰囲気も明るくて話しやすいので今まで恋人がいなかったとは思えない。

たとえ本人が円満に別れたつもりでも相手はそうではない、ということは往々にしてあるものだ。だが、ここをつっこんでもしょうがないので指摘はしなかった。

「この人？　の年齢とか、どんな顔かとかってわかる？」

「髪が肩より下まである女性、っていうのは間違いないですけど……」

全身真っ黒なので年齢含めて容姿の明確な判別はしにくく、幼児ではなく老婆でもないこと以外ははっきりとはわからなかった。

女とはシュマ同様、意思の疎通も恐らくはかれない。感情表現はしているし、時折乾になにか話しかけているようなのだが、それが自我や意識と呼んでいいものかどうかも判断は難しかった。

情報の少なさに、二人でうーんと首を傾《かし》げる。

「逆にそういう呪いの背景とか根源って、愁くんはわからないものなの？」

「残念ながら、呪いの種類自体はよくわからないんです。女性だなっていうのはわかるんですけど、会話ができるわけでもないし、例えばこれが死霊だ生霊だ、どこの誰だ、呪いだとしたら術者は誰だ、とかそういう情報は一切わかりません」

予想することはできても、確信をもって明言はできない。

「へー……」

感心したように頷《うなず》いて、乾は携帯電話にメモを取っている。

「声とかは？」

質問に、眉根を寄せる。

「笑い声とかは聞こえるんですけど、そもそもしゃべっているかどうかもよくわからないんですよね」

「そっか、人間だってしゃべってなきゃ聞こえないもんね」

「……呪いに触ると聞こえることがあるんですけど、それは概念というか思念というか、それに近いのかなと」

対象者から呪いを自分の身に引き受けたときに、わあっと声のようなものが流れ込んでくる。それははっきりと聞こえるときもあれば、雑踏の喧騒《けんそう》のように聞こえるときもあって様々だ。

「それは、他の鳥居さんも一緒かな？」

「多分、そうだと思います。他の神社とかお寺とかの方がどうなのかはよくわからないですが、うちはそうですね」

陵たちがこの手の類のものがきちんと見えていることはわかる。視線が同じほうを明確に向くからだ。

そして彼らが御祈禱《ごきとう》や厄除《やくよ》け、地鎮祭などをしているのは何度も見ているが、いわゆる「解呪」をしているところは見たことがない。それは、物心ついたときから愁の仕事であったから。

「じゃあ、実は正体がよくわからずに祓《はら》ってる、ということ？」

「そうですね。……ただ、例えば『本当は悪いものじゃない』ものを祓っている、ということはないと思います」

先んじてそう返すと、乾は意外そうな顔をした。

「ごめんね、失礼な質問をしちゃうけど、『対象のことはよくわからないけど確実に悪いものである』、と明言できる理由ってなに？」

「それは――」

陵に「愁がいとし子である」という事実を話すな、と言われたことが過《よぎ》り、一瞬躊躇《ちゅうちょ》する。

だが、明確に「いとし子」という単語やシュマの存在を明かしているわけではないので、ここまではセーフとみなして口を開いた。

「解呪をするとき、一度、その呪いをこちらで引き受けるからです」

愁の説明に、乾は微《かす》かに瞠目《どうもく》した。

「……つまり、祈禱とか、呪文とか、護摩とかお札とかそういうもので対象――呪いを受けている人から祓うわけじゃなくて、聖職者の体に取り込んで浄化する、みたいなこと？」

「あ、そうです。そういう感じです」

どう説明したものかと思ったが、理解が早くて助かる。流石《さすが》自称オタクというところだろうか。

もっとも、呪いを浄化するのは「いとし子」そのものではなく大きな黒い塊――シュマだ。

「いとし子」とともにあるシュマという存在が、悪いものを食らう。それを黒沢神社では「解呪」と呼んだ。

「なるほどねー、そういうパターンかー」

うきうきと乾が書き留めている様子を眺めながら、なんだか申し訳ない気持ちになった。本人に気にした様子はないけれど、ずっと黙っていたことに気が咎《とが》める。

黙り込んだ愁に、乾はどうかした？　と首を傾げた。

「ごめんなさい。……解呪、できること秘密にして……解呪してもあげられなくて」

思わずそんな謝罪をすると、乾はすぐに頭を振った。

「いやいや、そんなの、どこの誰かもわからない馬の骨においそれとしゃべっていいことじゃないでしょ。取材しにきた俺が言うことじゃないけどさ」

「でも」

「聞けるものなら聞きたいけど、根掘り葉掘り聞いて答えが得られなかったからって、俺が文句を言う筋合いじゃないよ」

あっけらかんと笑う彼に、そういうものなのかとほっとする一方で、申し訳ない気持ちは消えなかった。

そんな心情を見て取ったというわけではないだろうが、乾は重ねて否定した。

「大体、こんな稀有《けう》な情報と技、対価なしでしゃべったり施したりするもんじゃないよ」

「そ、そうですか……」

「そうだよ！」

力説されて、その勢いに気圧《けお》される。

実際、今まで愁が対応してきた依頼人は、とんでもない額の玉串料《たまぐしりょう》を用意している。愁本人に直接還元されるわけではないので実感としてはわいていなかった。

「もしただでなんて話になったらボランティアにもほどがあるよ。人って、『技能』への対価に鈍感だったりするから、してあげるほうもそう思っちゃうのかもしれないけど……」

「でも、御祈禱とか厄払いと違って、『解呪』はお金を払うと言われたからって、全員にしてあげられるわけじゃないんです」

「そうなの？」

解呪の相手を選ぶのは基本的に伯父や、親族でも上のほうの神職たちだ。大金を支払うこと以外になにをもって引き受けているのかは、愁にはわからない。

どうして、とか、どうすればしてあげるの、という質問が来るかと身構えたが、乾はなにも言わなかった。

「それに……乾さんみたいに呪いを背負った人を見かけることは、何度もありました。でも、それだって全部見過ごしてきました」

無意識に、体に力が入る。軽蔑《けいべつ》されることを、自分は恐れているのだ。

乾を初めて見たときだって、背負った呪いに気づいていてもその存在を教えようとはしなかった。

「依頼人ではないから。気づいてすらいないから。そう理由をつけて、無関心を装ってすべて見殺しにしてきました」

乾のように興味関心を持って話しかけてくるわけではないから、その存在すら教えたことはない。その呪いのせいで、近い将来ひどい不幸に見舞われるとわかっていてさえ。

今まで誰にも言わなかった、自分の中で無意識に抱え込んできた感情が、堰《せき》を切ったように溢《あふ》れてくる。それが罪悪感というものなのだろうと、愁は初めて気が付いた。

息苦しくなって胸元を押さえると、乾の手が肩に触れてくる。労《いた》わるようなその掌《てのひら》に、無意識に俯《うつむ》けていた顔を上げた。

乾は、難しげな顔をして、言葉を選ぶようにゆっくりと口を開く。

「うーん……っていうかね、商売は本来なんでもそうなんだけど、断ったり選んだりする権利があるんだよ。もし、ただじゃなくても」

あまりに意外な言葉に、一瞬なにを言われているのかわからなかった。だから彼は、解呪を誰にでもしてあげられるわけじゃない、という発言の理由を訊《き》かなかったのだ。

はあ、と気の抜けた返事をすると、苦笑されてしまう。

「それは、たとえ相手が不幸になるかもしれない、っていう状況でもですか」

投げかけた質問に、乾が眉根を寄せる。

「それはでも、世界のどこかにいる恵まれない子供のために私財をすべて擲《なげう》てないのと同じだと思うんだ。救えるものは救いたいけど、自分には自分の生活もある。それが当然なことだと思うよ」

「でも」

「助けたいな、助けられなくて悪いなって気にかかるのは当たり前だと思う。でも、気にしすぎちゃ駄目だ。自分を責めすぎないでよ。ね？」

やけに心配そうな声で言われて、不思議な気持ちになる。

けれど、乾の言葉に強張《こわば》っていた胸の奥のほうのなにかが、ほんの少しだけほっと緩んだような気がした。

――気にしないで、なんて言われたことない……。

小さな頃から、選ばれた「いとし子」たる自分は、身を尽くせと言われて育った。安売りをするなと陵には言われていたけれど、裏を返せば対価を差し出されたら愁に断る権利などない。そもそも、権利がないかどうかすら、考えたことがなかった。

――触れるだけじゃ、解呪にはならない、よね。

ちらりとシュマを見る。勿論《もちろん》、シュマは答えどころか応答自体をしてくれないのでこちらを見向きもしなかった。

「あの。……その女に触れてみてもいいですか」

「えっ⁉」

愁の申し出に、乾は喜んでいるのか驚いているのか不安なのかよくわからない表情を作った。戸惑って思わず指さしていた手を引っ込めると、彼は慌てたように手を振る。

「いや、ごめん。探ってくれるのは嬉《うれ》しいけど、心配になっちゃって！」

「ああ、なるほど……？」

「い、いいの？　もし負担になるようだったら遠慮したいし、初穂料？　玉串料？　も出すよ」

「お金はいいです。そもそも、解呪するわけじゃないので……」

乾は本当にいいのかな、とそわそわしながら、お願いしますと頭を下げる。

「不謹慎だけど、わくわくしてしまう……ごめん」

正直な乾に笑ってしまう。大丈夫ですと言って、愁は腰を上げた。

解呪するわけじゃないとは言ったものの、内心不安ではあった。

呪いを受けたら、シュマが飲み込んでくれる。そうなってしまった場合、乾にどう説明し部屋を出て行ってもらうか。

もし乾の前でシュマに食われたら——想像すると、全身から冷や汗が吹き出した。

「……愁くん？」

名前を呼ばれてはっとする。躊躇した愁に気づいて心配になったのだろう。

「あの、無理だったら本当にしなくていいからね」

「あ、いえ。大丈夫です。じゃあ、失礼します」

乾が遠慮する前に、と愁は呪いに触れる。靄のようなもの——女の肩口のあたりに手を突っ込んだが、女は愁を気にする様子はなかった。

——さん、……ユウヘイさん……——

甘ったるく囁《ささや》く、女性の声がする。鼓膜で感じるというよりは、肌に響くというか、脳に直接届くような感覚は、紛れもなく呪いの声であると確信した。

途切れ途切れに、語り掛け続けているようだ。

だが、ユウヘイさんとは誰なのだろうか。名刺をもらったので知っているが、乾の名前は「ユウヘイ」ではなく「壮馬《そうま》」のはずだ。

人違い、ということなのだろうか。だとしたら彼は本当に運がない。

——ユウヘイさん、信じてる。……許さない。私が一番……——

——約束だからね……どうして？　……一番好き、本当に……ユウヘイさん、待ってるから、早く来て——

ふふ、と笑いながら、延々と乾に語り掛けている女に、思わず眉根を寄せた。愛の言葉を囁いているようで、そうではない。呪いなのだから当然だが、薄気味の悪さを感じて手を引っ込めた。

「愁くん？　なにかわかった？」

「はい、ええと……ユウヘイさんって、誰か知ってますか？」

完全に他人との取り違えなのだろうと思いながらも念のため訊《き》いてみる。

だが、乾は怪訝《けげん》そうに表情を曇らせた。

「ユウヘイ？　……ユウヘイって言ってるの？」

「そう、ですね。誰か、心当たりがあるんですか？」

問いかけに、乾が一瞬躊躇した様子を見せて口を開く。

「父かな。……父の名前が『雄平《ゆうへい》』で」

「……お父さん、ですか？」

思わず、乾にくっついている女を見てしまう。

ということは、乾は父親と間違えられているということなのだろうか。

「あの、失礼ですけどお母さんって」

「両親ともども実家で健在。夫婦仲は良くも悪くもなく、普通だと思う。……母が、とは思えないんだけど……」

生きているとしたら、母親の死霊という可能性はない。もしこの女が彼の母親に起因しているとしたら、呪いをかけているか、あるいは生霊ということになるが、乾はその可能性が低いと感じているようだ。

なにより、夫と息子を間違えるだろうか？

「ユウヘイのほかに、なにか言ってたりする？」

「え、と」

自分の父親に母親以外の女が語り掛けている言葉、としては不穏当なものが散見されている気がする。

どう端折《はしょ》って伝えようかと思案していると、乾は「いいよ」と言った。

「そのまま教えて。気を遣わないでいいから」

「ええと……」

そうは言っても、と迷ったが、いいからと促される。

「信じてる、約束、一番好き、待ってる……許さない、とか」

聞こえた範囲のことを拾って話すと、乾の表情がますます曇った。複雑そうな表情に、やっぱり言わなければよかったかと後悔する。

眉根を寄せて息を吐いてから、乾は愁を見てにっこり笑う。少々ひきつっていた。

「まあ……順当に考えれば、不倫相手っぽいね」

「わ、わかんないですよ。昔の恋人って可能性もあるし。例えば、付き合ってる最中に亡くなられたとか……だから、若い乾さんと間違っちゃってるとか」

「ああ、なるほどね。そういうこともあるのか」

そうは言いながらも、父の不貞のほうが可能性が高いと思っているのか、乾は顔を顰《しか》めたままだ。

「……俺、母親似なんだよね……」

苦笑交じりの言葉に、思わず「えっ」と声を上げてしまう。フォローのつもりが、余計に気まずい空気が流れてしまった。

「呪いの正体が母親ってこともないだろうしな。髪伸ばしたの、人生で成人式のときだけって言ってたし」

しかも、よく考えてみれば彼の不運体質は幼少期からだと言っていたので、母親にせよそうでないにせよ、「父親と間違えた」という仮定自体が成立しない。

ふと考え込んでしまった愁の頭を、対面の乾が撫《な》でた。

「な、なんですか?」

大きな掌に撫でられて、どう反応をしたらいいのかわからない。ごく小さな頃はあったかもしれないが、生身の人間に触れられることが殆どなくなっていたせいだ。

「ごめん。ついよしよししたくなって」

「……それは僕が子供っぽいっていう話ですか?」

ちょっと拗《す》ねた声音になってしまう。乾は否定することもなく、形容し難い笑みを浮かべた。

「そうじゃないよ。子供っぽいとか頼りないとか、そういうことじゃなくてね。つい」

だから「つい」とはなんなのか。そう思いながらも、彼の掌が心地よくて振り払う気にはならなかった。

——なんだか、眠くなる……。

たまに神社に猫が現れるのだが、撫でてやると心地よさそうに目を細めていた。猫もこんな気持ちなのかな、と瞼《まぶた》を伏せると、乾の手が離れていく。

はっと目を開けると、乾は両手をホールドするように挙げていた。手が離れてしまったことを、何故か少し残念に思ってしまう。

「……さてと、じゃあもう結構いい時間だしそろそろお暇《いとま》しようかな」

「あっ、すみません、長々と」

まだ終電までは時間があるが、明日もお互い仕事である。

「それはこっちの科白。ごめんね、ありがとうございました」

席を立ちながら乾が足元に置いていたバッグを背負う。愁もつられて立ち上がった。

「あ、じゃあ駅まで……」

「いやいや、大丈夫だよ。もう遅いし、駅も近いし、ここでいいから。お世話様でした」

友人を家に招いたことがないので、普通はどうするのかはわからない。けれど、玄関先くらいまではいいだろうと、慌てて追いかける。シュマものっそりと後ろについてきた。

「じゃあ、お邪魔しました」

玄関で靴を履きながら言う乾に、いえ、と頭を振る。

お気を付けて、とそう言おうとした瞬間、頭上からジジ、となにかが焼けるような音がした。

なんの音だろうと反射的に顔を上げようとした瞬間、乾に腕を引っ張られる。

「――」

それとほぼ同時に、なにかが砕けるような音とともに玄関が真っ暗になった。

一瞬なにが起こったかわからず硬直していた愁は、自分が乾に庇《かば》われるように抱きしめられていることに気がつく。

「あっぶねえ……」

そう言って乾が腕を解《と》くと、ぱらぱら、となにかが落ちるような音がした。

「あ、電気……」

腕を伸ばし、玄関ではなく廊下の方の電気を点《つ》ける。

見上げると、玄関の真上にあった照明が砕け落ちていた。先程ぱらぱらと音がしたのは、ガラスの破片だったらしい。

「乾さん、大丈夫ですか!?」

「平気平気。それより、ガラス踏まないように気を付けて」

「乾さんこそ動かないでください！　ガラスも払っててください」

慌てて、靴の中にガラスの破片がないか確認してから足を入れ、玄関収納に入れていた掃除用具で廊下と玄関に散らばったガラスの破片を掃き集める。

「すみません、劣化してたのかな……」

　入居してから一度も電球を替えたことがないし、寿命が来ていたのかもしれない。

　乾の周囲に落ちたガラスを掃いていたら、頭上からくすくすという笑い声が降ってきた。顔を上げれば、真っ黒な女が明らかに愁を見ながら笑っている。

　そこに挑発的な空気を感じ、今まで覚えたことのない感情が自分の中で渦巻いた。

「……ごめん、多分俺のせい」

「えっ？」

　思わぬ科白に、女から乾へ視線を移す。

「こういう……照明とかが割れたりするの、初めてじゃないんだ」

　乾は不運だとか呪われているとか、小さな頃から言われて、学問的に興味を持ったと言っていた。不運である自覚はあっても、呪い自体を本気にしているわけではなかったのだ。だが、愁によってそれが本当だと証明された今、確実に他者への危害が自身の呪いによるものだとわかってしまった。

「――違います。乾さんのせいじゃない。乾さんにくっついてる呪いのせいです」

　力強く否定すると乾が瞠目する。

　――自分は散々、僕のせいじゃないから気に病むなって言ってくれたのに。

　それなのに己を責める乾がもどかしい。

「呪いは実在します。でも、だからこそ悪いのは『乾さん』じゃなくて、『乾さんにくっついてる呪い』のほうでしょう？　あなたも被害者なんだから謝らないでください！」

そこのところを間違えては駄目だと力説した愁に、乾はぽかんとした後、笑った。

「……うん、そうだね」

頷いた乾に、ほっと胸を撫でおろす。

「庇ってくれて、ありがとうございました」

「ううん。……お互い怪我しなくて、よかった」

はい、と頷き、互いに笑いあう。その瞬間、がたっと音を立てて玄関収納のドアが外れた。

「……築年数そこそこあるので。あとで螺子《ねじ》しめなおしておきます」

「……とりあえず、これ以上なにかある前に退散するね、俺」

また自分を責めるようなことを、と思ったけれど、顔を見たら笑っていたし声音にも冗談が含まれているようでほっとした。

じゃあ、と今度こそ乾は帰っていった。

ドアが閉まると同時に息を吐き、シュマを振り返る。

「……あの女の仕業かな？」

シュマは当然問いかけに応えるはずがない。ただいつものようにぼんやりと、ドアのほうを向いているだけだ。

小さく息を吐き、リビングに戻る。

何年も住んで見慣れたいつもと同じ部屋のはずなのに、乾のいなくなった部屋はがらんとして見えた。心なしか、温度が下がっているようにも感じる。

テーブルに残ったグラスを下げて洗いながら、傍らに立つシュマに「あのさ」と声をかけた。

「解呪してあげればよかったかな……？」

見るだけ見て、親に対する不信感を植え付けただけで終わってしまった。絶対に彼が望んでも予想してもいなかった副産物だ。

「解呪できるのにしないで見過ごすなんて、ひどいやつだよね」

愁の独り言に、シュマはまったく反応することもなく、天井のほうへぐいんと体を伸ばしていた。

自己嫌悪に陥って、大きく嘆息する。

「……さっきのって、明らかに僕を狙《ねら》ってたよね」

シュマは答えない。答えを求めているわけではないので、返事がなくても気にはしない。

考えを整理するときにシュマに話しかけるというのは、愁が小さな頃からしていることだった。他に話しかける対象がいないだけ、というのもあるけれど。

「でもファミレスでは、乾さんが狙いだった」

それに気づいた愁が咄嗟に手を出して庇ったせいでスープを少し浴びてしまったというだけ

で、あれは初めから愁が狙いだったわけではない。

「でも、さっきの照明が割れたのは、乾さんが庇ってくれなかったら僕がガラス片を浴びてた……」

乾への攻撃を妨害したことに、腹を立てたのだろうか。

それで、愁へ攻撃をしかけてきた、と考えればそれなりに辻褄《つじつま》はあう。

「でも、なんであのタイミングだったんだろう……?」

マンションへの行き道や、リビングなど、他にも攻撃の機会はあったのに、何故帰り際のあのタイミングだったのだろう。

「僕が思うほど、深い意味はないのかな? ……それとも、なにか意味があった? あったとしたら、あの前となにが違ったんだろう」

呪いに、そこまでの思考力があるだろうか。

考え込む愁の横で、シュマは相変わらずぼうっと前方を見ていた。

シュマはこの部屋に帰ってきてからも、ずっと愁の横にいた。呪いの女に反応することもなく、ただその場にいるだけだ。

「……もし、あの攻撃が乾さんについてる『呪い』のせいだったとして、シュマが食わなかったのはどうしてなんだ……?」

シュマはいとし子の引き受けた呪いを食う。

シュマという存在はそういうものだと教わったし、実際解呪の場面でもそれ以外の行動を取ったことはない。必ず、いとし子が呪いを受け、それを食らう、という工程を踏む。

だけど、愁が呪いの影響を受けたというのに、シュマは先程一歩も動かなかった。

「……どうして？」

今度こそ独り言ではなく、シュマのほうを向いて問いかけてしまう。

シュマは相変わらず、虚空を見つめるばかりだった。


「こんにちは、愁くん！　今日、何時に終わる？」

翌日の昼頃に神社に現れた乾は、愁を見つけるなりそう声をかけてきた。

周囲に知られてはまずいと、愁は慌てて乾の手を引いて、本殿からの死角になる神木のほうへと移動した。

「なになに？　内緒話？」

やたら嬉しそうに笑顔になる乾に、陵に知られたらそんな悠長なことを言っていられないのに、と焦る。だが本人に「接近禁止と言い渡されている」とはまだ言えていなくて、少々気まずくなりながらも、竹箒《たけぼうき》を握ったまま口を開いた。

「えっと、いつも通りの時間です。……あの、なにかあったんですか」

いつもなら帰りの時間なんてわざわざ訊いてこない。なにか特別話したいことがあるのだろうかと思いながら問うと、彼は少々声を潜めて「昨日のことで少し」と耳打ちしてきた。

昨日のこと、というのは呪いの女の話だろう。思わず、相変わらず彼の傍にいる女に目をやる。今日はこちらに害意は向けないのだろうか。

「……なにかわかったんですか?」

「うん。……まあ、詳しくは帰りに」

こそこそと会話をしていたら「愁」と鋭い声で呼ばれる。振り返ると、地鎮祭用の装束に身を包んだ陵が立っていた。

ひっ、と思わず声にならない悲鳴を上げてしまう。

陵は軽く乾に対して会釈をしたあと、愁を鋭く睨《にら》みつけてきた。

——まずい。

どっと冷汗が吹き出し、縋《すが》るように竹箒を握る。こんなことなら、普通に開けた場所で話していればよかった。影に隠れてこそこそしているほうが、よほど状況的にまずい。

「個人的な用事で手を休めるんじゃない」

「——すみません、俺がお仕事中に話しかけてしまって」

間に割って入った乾を、陵はにっこりと笑うことで黙らせる。

「掃除も修行の一環です。できれば、見習いを私用で呼び止めるのはご容赦ください」

「はい、申し訳ありません。――あの、今日も神体山に登らせていただいてもいいでしょうか?」

笑顔でありながらもかなり強めに注意した陵に、乾は怯《ひる》まずそんな申し出をする。陵は微かに眉を顰めたが、すぐに表情を作り直した。

「……ええ。ただ、下山の時間は守っていただけると」

一応、気づけば報告の義務があるので、乾が遅い時間に下山したことは報告してあった。告げ口したように思われるのではないかと、内心ひやりとする。

「はい、大変申し訳ありませんでした。時間厳守で、登ります」

気まずくなった愁とは裏腹に、乾は笑って返す。彼に後ろ暗いところはないので当然なのだが。

それ以上の嫌味は重ねられなかったのか、陵は「よろしくおねがいしますね」と言って本殿のほうへと戻っていった。これから地鎮祭に出向くので、あまり時間がないという事情もあったかもしれない。

この場であれ以上咎められなかったことに、胸を撫で下ろした。とはいえ、言いつけを破った愁がこれで許してもらえるとも思えず、陰鬱《いんうつ》な気持ちになる。彼が地鎮祭から帰ってきたら、叱責《しっせき》され、難詰されるのは想像にたやすい。

「大丈夫？　愁くん。顔色が……」

「……はい、大丈夫です。乾さんも、山登りをするときは気を付けてくださいね」

乾は少々なにか言いたげな顔をしたが、「じゃあまたあとで」と言って登山口のほうへ向かって行った。見送ってから、彼が大きな呪いを背負ったまま山を登るのが今更心配になってしまう。いくら低山とはいえ、滑落や倒木の危険がないわけではない。

彼の無事を祈りつつ、愁は仕事に戻った。


お勤めを終えて、いつも通りの時間に境内を出ると、乾がひょこっと顔を見せた。どうやら、何事もなく無事に下山したらしい。

そして、幸か不幸か、陵はまだ外から戻ってきていなかった。地鎮祭のあと、貸している土地の借主との飲み会があって断れなかったようだ。万が一鉢合わせることを考えて、足早に乾へ近づく。

「お疲れ様、愁くん」

「お疲れ様です。待ちましたか？」

「いや全然。いつも通りのファミレスでいい？」

そう言いながら歩きだした乾の後を追う。陵の言いつけをやぶっている後ろめたさは未《いま》だにあったけれど、乾と一緒にいるのが楽しくて、離れることができなかった。

「……もしよかったら、またうちに来ませんか？」

「え？　いいの？」

頷くと、乾は「やった」と嬉しげに笑った。つられて嬉しくなってしまい、頬が緩む。

「あ……でもまだ玄関の電球は替えてないんですけど。破片の掃除はちゃんとしてあります」

「え、なら買って行こうよ。俺が付けるからさ」

「えっ……」

単に、玄関が暗いことを伝えただけのつもりだったのに、まさかの提案に焦ってしまった。催促したように聞こえたのだろうかと慌てたが、彼は戸惑う愁を置いて歩みを進めてしまう。

電器屋も家電量販店もだいぶ遠いと言って遠慮したものの、電球はコンビニで売っているらしい。知らなかった、と驚いている間に乾はさっとコンビニに立ち寄って電球を購入してしまっていた。

「……ほんと、すみません」

「いやいや、元はといえば？　俺が原因だし」

挙句、愁の身長では椅子では天井に届かず、電球の取り換えすら任せる羽目になってしまった。長身の彼は難なく取り付けてくれているが、申し訳程度に椅子を押さえながら気まずくてしょうがない。

お金も払うと申し出たのに、「もともとは俺に付いた呪いのせい」「話し場所の提供のお礼」と言われればそれ以上食い下がるのも憚《はばか》られた。

「でも！　ごはん代は払いますから！」

乾の提案で、コンビニに立ち寄る前にデリバリーサービスを頼んでいた。デリバリーを利用するのも初めてで、携帯電話の画面を興味津々で覗《のぞ》き込んだら笑われてしまったのを思い出し、ちょっと恥ずかしい。

「いやいいよ、場所代提供ってことで……はい、終わり」

スイッチを入れると、問題なく玄関の照明が点いた。

「よくないです、ありがとうございます、お疲れ様です」

忙《せわ》しない返事をしたら、ぷっと乾が吹き出す。

「どういたしまして。今度は割られませんように……」

割と冗談になってないことを言って手を合わせる乾に、互いに力のない笑いが零《こぼ》れる。椅子をリビングに戻した直後に、頼んでいたデリバリーサービスがタイミングよく届いた。配達員から受け取ったピザの箱はまだ温かく、若干緊張しながらリビングに戻る。

「ピザ着きました！」

ダイニングテーブルの前に立っていた乾にそう報告すると、彼は一瞬目を丸くし、それからくすくすと笑いだした。

少々──だいぶはしゃいでいる自分に恥ずかしくなりながらも、袋を開けてテーブルに出す。

「あれ？　なんか小さい箱が……」

「ピザだけじゃなくて、ポテトとかチキンとかも頼んだから。あと飲み物も」

その他に、やたらに重いと思ったら、ペットボトルが二本入っている。愁は袋の中をしげしげと眺めた。

「へー。ピザ屋さんってピザ以外も売ってるんですね」

ピザは愁が主体で選ばせてもらったが、他にもいろいろ頼んでいたらしい。感心していると、「現代っ子とは思えない」と笑われてしまった。我ながらそう思ったので、反論はしなかった。

「じゃあまずは飯にしようか。あったかいうちに食べようよ」

「はい！　あ、コップとか持ってきます」

「五〇〇のペットボトルだからいらなくない？　いいからほら座って座って」

促されて乾の対面に腰を下ろし、箱を開ける。

丸く大きなピザはいろいろな具材が載っていた。携帯電話でメニュー画面を開いたときに、味の種類が沢山ありすぎて混乱していたら、四種類のピザが一枚になっているものがあると教えてもらったのだ。

そのうちの、トマトとチーズのシンプルなものを取る。いただきます、と言って口に運ぶとまだ温かかった。とろりと溶ける濃い味のチーズと、少し焦げたふわふわの生地が美味しい。

「美味しいです！」

「それはよかった」

そう言いながら、乾もピザを一枚手に取った。彼は照り焼きチキンのピザを選んでいる。次はそれにしよう、と思いながら口の中のものを咀嚼《そしゃく》した。

「ピザ、すごく久し振りです。子供の頃以来です」

「え、そうなの？」

「自分ひとりじゃ食べないですから。小学三年生の頃に、地域の行事のクリスマス会で食べたのが多分最後ですね」

高校から一人暮らしのため、昼は神社で出されるものを食べるが、基本的にはずっとコンビニのパンかおにぎりで過ごしている。外食さえ、乾と会う前は数えるほどしかしたことがない。

そんな日常を話したら、乾がぽかんとしていた。

「いやそれもはやピザ云々《うんぬん》の話じゃないっていうか、今二十歳……ってことは、五年くらいコンビニのパンしか食ってないの？」

「でもお昼は普通にいただいてますよ。神社は肉食禁止とかじゃないので、結構普通にいろいろなもの食べますし、作りますし」

黒沢神社では、神職見習いが持ち回りで食事の準備をする。寺の場合は精進料理など決まり事があるようだが、神社は特にそういった決まりもないので、普通の家庭料理が並ぶのだ。

勿論、愁も子供の頃から手伝ったり、食事担当になったりするので料理はできるが、それを自宅で、自分ひとりのためにやろうとは思えない。

「でも、普通になんでも食べるなら、ピザとか食べそうなもんだけど。クリスマスとかさ」

「クリスマスは、行事が結構あって食事どころじゃないんですよね」

クリスマスは他宗教の行事なので一切触れない、という神社仏閣も多いが、黒沢神社のように幼稚園や保育園を運営していると避けて通ることはないし、また地域との交流が盛んな場合はクリスマスに境内でクリスマスイベントなどが催される。

クリスマスから正月にかけては巫女《みこ》の短期アルバイトも募集して、近隣の女子高校生が大量に採用されるのも毎年のことだ。

「黒沢神社はクリスマス時期に特別な御朱印とか、ハンドメイドイベントとかをやったりするので、神職だけでクリスマス楽しむって感じじゃないです」

「確かに手が足りなさそう」

二枚目のピザを手に取って口に運ぶ。照り焼きチキンのピザは薄く切られたアスパラガスが散らしてあり、マヨネーズと海苔《のり》の風味が美味しい。

「普段も時間に限りがあるので手作りしにくいものとかは作らないし、あと冷凍食品とかは出さないですね。それと、匂いの強いカレーとかは作っちゃ駄目なんです」

照り焼きチキンピザの隣の区画がカレー風味のピザなので、ついでに思い出した話も付け加える。乾もカレー風味のピザをちらりと見た。

「あー……なるほど。神社に行ってカレーの匂いしたら確かに気が散るかも」

でしょう、と返し、二枚目のピザも平らげる。カレーの匂いのする神域はやけに所帯じみた空間になりそうだ。

「ピザ、久し振りなら特に美味しく感じるかもね」

「んー……ピザが殆ど初めてに近いっていうのもありますけど……乾さんと話をしながら食べてるからもっと美味しいのかも？　と、思いました」

そんな分析を自分でしたくせに、なるほど、と納得した。

学校でも職場でも、昼は確かに大勢で食事はするが、人が多いというだけであって「誰かと食事」というのとは違う。相手を個として認識しない状況と、互いに顔を見ながら、会話をしながら、というのはどうやら違うらしい。

「あー……、そう、うん。そうね」

乾はなんとも複雑な表情を作って、頭を掻《か》いた。

ほんの少し、顔が赤い気もする。それから「もっとお食べ」とピザを差し出してきた。ありがたくいただく。

「……美味しい？　愁くん」

「はい、美味しいです」

普段から、食に対してあまりこだわりがあるほうではない。もしもっと興味があれば自炊したりするのだろうけれど、食事自体をあまり美味しいとか楽しいと感じることがなかったので、この数年もの間、パンかおにぎり、時々コンビニで野菜サラダやお菓子を買う、という生活で充分だった。

だけど今日は、とても美味しい。なにを食べても、幸福感が得られた。

「俺も、愁くんと一緒のごはん楽しいし美味しいよ」

ふっと笑ってそんなことを言われて、咀嚼していたものをごくりと飲み込む。

自分も先程同じことを言ったくせに、乾から言われると、なんともくすぐったいような面映《おもは》ゆいような気持ちになった。

——なんか、変な感じ。……友達って、こういうものなのかな。

その後は愁の日常のお勤めの話や、乾が今日の山の散策でハイキング中の園児たちと会った話などをし、腹が十分満たされたタイミングで、乾がこほんと咳払《せきばら》いをした。

「……それで、今日の本題なんだけどね」

「あ、そうでした。なにかわかったことがあるんでしたっけ？」

今朝開口一番に、そんな話をしたはずだった。うん、と乾が頷く。

「『これ』のこと、もしかしたらわかったかも」

言いながら、乾は己の後方を指さした。これというのは、間違いなく彼が背負っている女の形をした呪いのことだ。今も我が物顔で彼の首にしがみついている。

黒い女に目をやってから、視線を乾へと戻した。

「そうなんですか?」

「多分だけど、この人じゃない?」

そう言って、乾が自分の携帯電話を愁に差し出してきた。

画面に映されたのは、フィルム写真を携帯電話で撮った画像のようだ。ピンク色のスモックを着た若い女性の写真である。保育士だろうか。二十代くらいに見えるけれど、少し、年代が古いような気がした。

「あー……はっきりとはわからないですけど……」

画像と、乾の背後の女を見比べる。なにせ、黒い女は顔がはっきりと見えるわけではない。だが、髪の長さや体格、骨格の感じや全体的な輪郭がそっくりな気がする。

首が長く、全体的に華奢《きゃしゃ》な感じだ。

「確かに似てます。髪の長さは、そのまんまですね」

画像の彼女は、長い髪をひとくくりにしているが、解けば乾の背後にいる呪いの女と同じくらいだ。

「……この方は?」

「俺の、幼稚園のときの担任の先生」

それで、少し古い感じがしたのだ。だが、どうしてこの女性の生霊か死霊かわからないが、とにかく呪いが乾にくっついているのだろうか。

そんな疑問は、すぐに乾が答えてくれる。

「――それで、俺の父親の不倫相手」

「えっ」

思わず、写真の保育士と乾を見比べてしまった。

画像はピンチアウトしたものだったようで、乾が指で縮尺を変えると、それが集合写真だったことがわかる。

「これが俺」

そう言って彼が拡大させたのは、乾の面影が残る可愛らしい男児だった。

だが、この頃には既に呪いがくっついていた。

乾の体が小さいからか、今よりも大きな呪いに見える。この場にいる誰にも、恐らく呪っている本人にさえ見えてはいないとはいえ、こんな風に怨嗟《えんさ》と憎悪を募らせながらその対象である乾と笑顔で写真におさまっているのがそら恐ろしい。

妻子がありながら手を出した彼の父親が悪いのは大前提だが、それでも嫌悪が湧いた。

「昨日、母親に訊いてみたんだよ。『親父が浮気したことってある？』って」

「結構、ストレートに訊きましたね……」

乾は苦笑し、再び画像を拡大して女性を映す。

「そしたら、俺がもう大人だからってことで話してくれた。この頃、親父は俺の担任の先生と不倫してたんだって」

とっくに縁は切れているし、昨日聞いた通り乾の両親も離婚はしていないが、当時はそれなりに泥沼だったそうだ。しかも発覚してすぐ別れたわけではなく、なんと乾の卒園まで関係が続いていたという。

「俺は先生が優しかった記憶しかないけど……どういう思いでいたのかなあ。多分、恨まれたり憎まれたり、してたのかな。こうして憑き続けてるってことは、今もまだ？」

頬杖《ほおづえ》を突きながら、愁というよりは背後の女に問うように、乾が呟く。

好きな男の名前を呼びながら、その息子の首を絞める黒い影は、今日も笑っていた。私が一番、待ってる、許さない、と今日も囁き続けているのだろう。

――なんでだよ。

不倫相手の男ではなく、奥さんではなく、その二人から生まれた教え子でもある幼児に憎しみを向けるというのは、どういう心情なのだろう。より弱い者へ暴力的な気持ちを向けたのか、それとも、好きな男と他の女性との愛の結晶を憎んだのか、それは愁からは辿《たど》りようがなかった。

「……呪いって色んな種類があるんです」

愁がぽつりと言うと、乾は顔を上げた。

「例えば、術者が対象者に悪意を持ってかけるもの、それから悪意が呪いに変わるもの。後者の場合、本人には呪いをかけたという意識はないです。そして、かけた呪いは本人の現在の感情がどうあれ、勝手になくなることはほぼないです」

呪いというものはコンピューターのプログラムのように、決められた条件で決められた通りに動く。プログラムを書き換えたり、コンピューターそのものが壊れたりしなければ、決められた通りに動き続ける。ＡＩは基本的には搭載されていない。

つまり、呪いを解くという手順を踏んだり、呪いの対象者が死んだりしない限りは、発動し続けるのである。術者が死んだり、心変わりしたりしても、基本的には消えることはない。

「その……呪いのことも術者のことも、僕には正確に辿ることはできないし、推測でしかないんですけど、でも、ずっと、乾さんが恨まれ続けているからこいつがいるわけでは、ないと思います」

口にしてから、それがなんの慰めになるのだろうと、後悔する。

——どうして僕は、こう……うまく言えないんだろう。

人付き合いができないまま大人になってしまって今まで特に不自由は感じていなかったけれど、こういう場面でうまくフォローもできない自分を初めてもどかしく思った。

乾は暫《しばら》くの間じっと愁を見て、微かに笑う。こちらへ手を伸ばし、愁の頭をくしゃくしゃと撫でた。

「い、乾さん？　なに、なんですか？」

「なんか、すごく頭撫でたくなって。……ありがとな、愁くん」

そう言いながら、乾は愁の頭を撫で続ける。

前にも同じようにされて、どうしたらいいかわからなくて狼狽《ろうばい》してしまった。今もそうだ。けれど、振り払う気にはなれなくて——心地がよくて、されるがままになる。

「……うん、そうだといいな。愁くんの言う通り、だったらいいな。今は幸せになってたらそれでいいけど」

優しい彼はそう言って、愁の頭を撫でていた手を離し、携帯電話に保存されていた画像をタップして消した。

「聞いてくれてありがとう。それだけなんだけどね」

「いいえ。……ごめんなさい、話を聞くだけになっちゃって」

申し訳なさに謝罪すれば、乾はとんでもないと頭を振る。

「随分、気持ちが軽くなった。得体が知れないってだけで疲弊するもんだからさ」

得体が知れない、と心の中で復唱し、傍らのシュマを見る。物心ついたときから一緒にいるから「そういうもの」だと認識しているが。

「愁くんと話ができてよかっ——」

乾がそう言いさした瞬間、ダイニングテーブルのちょうど上にあったペンダントライトが、ぐらりと揺れる。

お互い咄嗟に身を引いたのとほぼ同時に、テーブルの上に照明が落下した。

「わーっ！」

照明はまだ数切れ残っていたピザの上に落ち、その衝撃で二人分のペットボトルが倒れる。蓋《ふた》を開けっぱなしにしていたため、テーブルの上も床も、コーラまみれになった。

慌てて雑巾《ぞうきん》と布巾を持ってきて、床や服を拭《ぬぐ》う。

「一度ならず二度までも……」

せっかくのピザが台無しだ。食べ物に対して特段の執着はないつもりだったが、食べ物の恨みは恐ろしい、という言葉を身をもって実感する。

「ごめん、こっちの照明まで……しかも今度はコードごといってる」

昨日は電球が割れたが、今日はコードが切れてペンダントライトの笠《かさ》ごと落下した。

「乾さんが謝ることじゃないです」

ゴミ袋にピザと笠を泣く泣く放り込み、ライトの本体とコードを不燃物用の袋に入れる。不幸中の幸いは、切れたのはテーブル上のペンダントライトだけで、リビングの照明は無事なので暫く交換しなくても大して不自由がないところだろう。

けれど、二日連続の事案に、乾は目に見えて落ち込んでいた。もどかしくて、愁は彼の背後の女を睨む。

――あんたが恨むべきは乾さんじゃないだろ。

事情はわかったし、先程は乾をフォローしたけれど、やはりお門違いの恨みには腹が立つ。この呪いがこうして他者を巻き込んで迷惑をかけるのは、乾が自分を責め、苦悩する性格だからだろう。

苛立《いらだ》ちを抱えながら、ごしごしと汚れた床を擦る。

「……それにしても、なんでこのタイミングなんですかね」

「え？」

愁が疑問を口にすると、ゴミ袋の口を結びながら乾が首を傾げる。

「昨日も思ったんですけど、他にもタイミングはあったはずなのに、どういうきっかけで呪い……というか嫌がらせしてるんですかね」

もっとも、そんなものを理解しようというのが間違っているのかもしれない。プログラムされているようだとは言うものの、結局、人の恨みなんていうものは往々にして理不尽なものなのだ。

通った理屈や理論があるとも思い難かった。

「まったく……、乾さん？」

黙り込んだ乾が、なにかをこらえるような顔をしてゴミ袋を結び終える。一体どうしたのかと訝《いぶか》しむと「心当たりがないこともない」と言った。

「そうなんですか？」

「……確信は持てないけど、思い返すといつもそういうタイミングだったかなって」

「なるほど？」

それがなにかはわからないが、該当する事象に心当たりがあるようだ。

つまり女は、なにか特定の、乾が不幸になるようなタイミングでその呪いを発動させているということなのだろう。

――……でも、そんな変わったタイミングってなにかあったかな？

昨日も今日も、行動にせよ会話にせよ特別ななにかがあったような覚えがない。思案していると、乾はもう一度溜息《ためいき》を吐《つ》いた。

「愁くんの――」

乾が小さく言いかけた瞬間、今度は無事だった皿がテーブルから一枚落ち、割れる。

愁と乾は顔を見合わせ、苦笑した。

「重ね重ね申し訳ない……」

「だから、乾さんのせいじゃないですって」

もはやお決まりのような言い合いをして、二人で皿を片付ける。

そのとき乾がなにか言いかけたことについては、片付けをしていたら忘れてしまった。

片付けを終えると、乾はすぐに荷物を背負って帰る準備を始めてしまった。

「もう帰っちゃうんですか」

ついそう訊《たず》ねてしまった愁に、乾がぎゅっと目を瞑《つむ》り、それから小さく息を吐く。

「はあ、可愛い」

まったく前後に繋《つな》がりそうもない科白を唐突に吐かれて、赤面する。

「じょ、冗談言ってはぐらかさないでください」

文句を言うと、乾は声を立てて笑った。

「別に冗談じゃないけど。……このままじゃ、俺のせいで愁くんの家が破壊されちゃうから」

「破壊って、そんなことないですよ」

今のところ電球がふたつと皿が数枚駄目になっただけだ。長く住んでいたし、電球はそもそも家電として寿命だった可能性もなくはない。皿は多分、置き場所が悪かっただけということで説明がつく。

そんなフォローをしてみたものの、乾は苦笑して頭を振った。

「愁くんはわかってるだろ。『これ』のせいだって」

彼の指さした先には、女がいる。今は背後から彼の首にがっしりとしがみついていた。

「取《と》り敢《あ》えずこれの事情が明確になったし、この様子じゃそのうち大暴れしそうな気がするし、帰るよ」

大暴れ、という科白にぞくっとした。

ただの譬《たと》えというか、冗談めかしただけかもしれないが、この呪いが本当に大暴れする可能性がなくもないのだ。そして、この場から離れたからといって、乾が無事で済むという保証はない。

玄関先へと向かう乾のあとを、慌てて追った。

「それじゃ、ちゃんと戸締りして――」

靴を履いて振り返った乾のシャツを、咄嗟に握ってしまった。乾が瞠目する。

「ど、どうしたの？　愁くん」

どうしたの、という言葉に、自分の無意識の行動の意味を探る。

乾が離れていくと思ったら、どうしようもない寂しさを覚えたのだと、思う。今まで生きてきて、感じていなかった――感じないように努めていた寂寥《せきりょう》を、愁は乾に出会って初めて意識した。

今日だけではない、今までも、きっとずっとそうだった。

「……乾さん」

愁はちらりと乾の肩にある女を見て、つい先日まで自分の中にはないものとさえ思っていた、怒りと嫉妬《しっと》に似た気持ちが渦巻いているのを初めて自覚した。

「乾さん、あの」

ぐっと、無意識に握った拳《こぶし》に力が入る。

――僕は、これを消すことができる。

シュマがいるから、自分には彼を解放することが可能だ。

だが、伯父や陵の顔が浮かんだ。陵が、絶対に余計なことを言うな、するなという声が、脳裏を過る。

同時に、子供の頃から味わい続けている、一向に慣れないあの苦痛が肌を過ぎていった。平素は考えないようにしている、人間としての尊厳を踏みにじられるようなあの行為を想起するだけで、体が震える。

「……あの、僕」

たった一言が出ない。

なにも言わずに引き留めるなんて迷惑だと思うのに、進むことも退くこともできず、ただ喘《あえ》ぐように口を動かした。

乾は暫く愁の言葉を待ち、それでもなにも言えずにいる愁の頭を、優しく撫でる。強張った体の力が抜け、まるで縛られている状況から解放されたように、愁ははっと乾の顔を見上げた。

「いいんだよ、気にしなくて。愁くんの力は『黒沢神社の財産』で、安売りしていいものじゃないだろ。簡単に施していいものじゃない。俺なんかに使わないで」

「乾さん」

なにも、愁の事情や葛藤《かっとう》など知らないだろうに、小さな頃から困っていることの解決の糸口を見つけてどうにかしたいだろうに、乾は愁を慮《おもんぱか》って微笑《ほほえ》む。

以前に、見知らぬ人や知人の不幸を見過ごしたことがあると、無関心を装って見殺しにしているのだと吐露した愁の言葉を覚えていて、気に病まないように心を砕いてくれているのだ。

そんな彼を助けてやらないことが、ひどく苦しい。良心の呵責《かしゃく》だけではない、それとは違う気持ちに責め苛《さいな》まれた胸が、苦しかった。

――自分の呪いを解く方法が見つかるかもしれないって、そういう下心もちょっとあるって、言ってたのに。

それなのに、乾は解呪を願わない。愁のことを思って、言わないのだ。

「ありがとうな。その気持ちだけで、本当に嬉しい。もし勝手なことをして愁くんが神社の人に咎められたら、……愁くんが辛い思いをするほうが、俺は辛いよ」

「乾さん、でも」

「なんとかしてほしくなったら、正式に頼みに行くから」

それが言うほど簡単でないことを、乾は知らないのかもしれない。いや、もしかしたら、多方面から取材をすることで、事情を薄ら察してはいることも考えられる。

黒沢神社の「いとし子の解呪」は、公式に受け付けている儀式ではない。厄除け、追儺《ついな》とは違う「特別な祈禱」だと表向き誤魔化し、その本質は存在自体が秘匿されている。

その力を利用するにはなんらかの伝手《つて》が必要で、選ぶのは宮司である伯父や、その血縁者だ。解呪の中心にいるはずの愁は、なにもしらない。選ぶことさえできない。それは愁自身も、意思を持つことを許されない「解呪の道具」でしかないからだ。

助けたい、と自らが心から強く願っても――今目の前にいる乾を助けたいと思っても、愁にはその権利がないのだ。

「俺は大丈夫だって。もう何年もこいつを背負ってるんだから！　……それよりもさ、またいろいろ話してくれる？」

促されて、何度も頷く。

「また一緒に、ごはん食べようよ。今度は外でもいいね」

ああでも店の備品が壊れちゃうかなぁ、と冗談めかして乾が笑った。もう一度、愁は頷く。

「ごはん、行きましょう。……取材が、終わっても」

自分で思った以上に、縋るような気持ちで口にしてしまった。

「……いいの？　それは是非《ぜひ》」

乾が笑うと、また、背後の女がゆらりと動いた。

「嬉しいな。本当はね、愁くんと会えるだけで嬉しいから」

僕も同じです。そんな気持ちが胸に詰まって、言葉にはならなかった。

愁は、子供の頃から独りだ。食事も、給食や神社で机を合わせることはあっても、誰かと食事をしていたわけではない。けれど、それを寂しいと思ったことは一度もなかった。当たり前すぎて、よくわからなかった。

——でも、乾さんと過ごすようになって、初めて気づいた。

乾と過ごした後、乾の姿がなくなったとき、胸の奥になにかが沈むような、息が詰まるような感覚があった。胃がきゅっと縮まるようなあの気持ちが、きっと寂しいということなのだろうと思う。

「乾さん、あの」

話しかけようとしたのと同時に、替えたばかりの電球が昨日と同じようにジジ、と焼き切れるような音を出した。

また、同じことを繰り返すつもりなのか。

マンションを出た後に、乾は本当に無事で済むのだろうか。

もし「解呪」をしたら、いつものあの苦しみを味わうことになる。伯父や陵にも咎められる。

折檻《せっかん》も受けるかもしれない。

けれどなにもせずにこのまま彼を帰してしまったら、今生の別れになるかもしれない。

愁を本気で案じ、真剣に向き合ってくれた初めての人を、失うかもしれない。

——そんなの、嫌だ。

その瞬間、伯父や陵のことは頭から消え去っていた。

こればかりは、「乾と関わるな」という言いつけとはレベルが違う。それでも。

「乾さん」

「え……っ？」

愁はドアを開け、玄関に立っていた乾を押し出した。不意打ちで突き飛ばされるような格好になった乾は、驚いたようにこちらを見ている。

——シュマ。

呼び掛けると、傍らのシュマがぴくりと反応した。ゆっくりとした動きで、伸ばした手の先に黒く大きな体が移動する。からん、と愁にしか聞こえないシュマの木札の音がした。

「愁く——」

「お願いです。ドアが閉まったら、走って駅まで行ってください」

愁の言葉に、乾は困惑の表情になる。

返事を待たずに身を乗り出して、戸惑う乾の手をぎゅっと強引に摑《つか》んだ。触れた瞬間、びくっと乾の手が強張る。

——こっちに、来い！

いつもなら自然と己の身に移るのを待っていた呪いを、愁は自ら掴みに行った。女が今まで乾にそうしてきたように、もう一方の手で女の喉元《のど》を握り、無理矢理引き寄せる。

乾の手を離して玄関に戻り、勢いよくドアを閉めた。鍵《かぎ》に手をかけたのとほぼ同時に、シュマに食い付かれた。

「っあ……！」

いつものように叫び声をあげそうになって、唇を噛んで堪《こら》える。

シュマは女ごと、愁の体を飲み込んだ。女の悲鳴のようなものが聞こえる。呪いは思念のようなものなのでシュマに飲まれて苦しいというわけではないのだろうが、ここで消滅してしまうのが無念だと呻《うめ》き声をあげているようでもあった。

ひどい、ずっとずっと待ってるのに、初めて好きになった人だったのに、全部あなたにあげたのに、裏切者、痛い目を見せてやる、自分だけ幸せになるなんて許さない、幸せになるなんて絶対に許さないから——女の慟哭《どうこく》とともに、シュマに体を蹂躙《じゅうりん》される。

神社の幣殿以外で解呪をするのは初めてだ。言いつけを破ったのが——仕事ではなく愁自身の意思で解呪をしたのが、これが生まれて初めてだったからだ。

「……う、あ……あぁ……っ」

自室の廊下で、のたうちまわり、這《は》いずる。

自分が抱いているのか誰に向けられているのかもわからない激しい憎悪に苦しくてたまらず、逃げ場もないまま床に爪を立てた。

こういった痴情の縺《もつ》れのような呪いを受けるのは初めてではない。初めてではないはずなのに、このとき初めて、自分と呪いが同化してしまったかのように心が揺らいだ。

肉体的な苦しさだけではなく、精神的な痛みに、涙が止まらなくなる。

「いや……嫌だ、いや……っ」

女の抱えた「恋心」にとらわれたまま体を蹂躙される感覚に、悲鳴を上げた。泣き叫ぶのは、子供の頃以来だ。

触らないで、他の誰かに、あの人以外に触れられたくない――。

「やだ、やめて……、シュマ、やめて……っ」

こじ開けられた口の中に黒いものがねじ込まれた。吐き出すことも、嚙み切ることもままならず、奥まで入ってくるそれを受け止める。

口を塞《ふさ》がれ、更に首を圧迫される感覚に、呼吸がままならない。四肢を押さえつけられて、いつものように体を蹂躙される。自分が上を向いているのか下を向いているのか、それさえももうわからない。それが錯覚なのか現実なのかも、愁にとっては曖昧《あいまい》だ。

「う、ぅ……!」

無意識に、床に額を打ち付けていた。そうしないと正気が保てないと思っていたような気もするが、すでに正気ではなかったのかもしれない。

いつの間にか、意識を失っていた。

肌になにかが触れているような感覚を覚えて、ほんのわずか意識が覚醒《かくせい》する。けれど、瞼を開くには至らない。

――……ああ、また、陵さんに迷惑……。

解呪の儀式の後、気絶する愁の身支度を時折整えてくれるのは陵だ。今も、抱き支えられ、体を拭《ふ》いてもらっている感覚がある。

今日もまた、陵に迷惑をかけてしまった。目が覚めたらまた怒鳴られるだろう。

肉体的にも精神的にも疲弊しているし、これから家に帰るのは億劫《おっくう》だな――うつらうつらしながらそう考えて、違和感を覚えた。

――あれ……？

気を失う前の記憶が、じわりと蘇《よみがえ》ってくる。

自分の判断で、初めて解呪を施した。独断での行為だったので、場所はいつもの幣殿ではない。自宅の廊下のはずだ。

ここに陵が来たのだろうか。愁が言いつけを破って、勝手に解呪するのを察して——？

そんなことがあるだろうか。愁の知らない、察知能力が陵にはあるのか。そんなはずはない、陵は一度もこのマンションに来たことはなかった。

肉体的疲労ばかりが原因ではなく、見てはいけない現実を目の当たりにしてしまうかもしれないという躊躇から、目が開けられない。

だが、このままいるわけにもいかず、ゆっくりとぎこちなく、目を開いた。

「——」

うっすらと瞼を開き、ぼやけた視界の先にいた人物に、愁は息を飲む。

無意識に体が硬直したことで、愁が覚醒したことに気が付いたのだろう。彼と——乾と目が合った。

「……愁くん」

「っ……！」

ほっと息を吐く彼に、体が硬直する。全身に力の入った愁に、乾は怪訝な顔をした。

「よかった、気が付いて。ごめんね、勝手に寝室に——」

気が付いたら、愁は思い切り乾を突き飛ばしていた。そのつもりだったが、力が入らず、彼の胸を押し返すだけに留まっている。

「どうして……？」

問う声が震えた。

どうして、彼がここにいるのだろう。帰したはずだ。帰ってと、駅まで走ってくれとお願いしたはずだ。なのに、どうして。

「帰ってって、言ったじゃないですか……」

責める言葉に、乾は気まずげな顔をする。

愁ははっとして、自分の姿を確認した。

全裸に、バスタオルが一枚かかった状態だ。蹂躙されたあとはいつも、顔や体は自分の涙や体液で汚れている。けれど、今、自分の体は陵がそうしてくれたときのように、汚れていない。

汚してしまった服を脱がして、拭いてくれたのだ。乾が。

――見られた。

自分のみっともない、あられもない姿を見られた。汚れた体をあますところなく乾に見られ、清められた。

気持ちが悪いと嫌悪しながら、快楽を覚えている疚《やま》しい己の姿を、晒《さら》してしまった。

見られて、しまった。

「――どうして……？」

お礼を言うべきだ、という頭はあった。陵にだって、申し訳ない気持ちを抱えながら、いつも感謝の言葉を口にしていた。

それなのに、口から零れるのは責めるような問いかけだ。

「ごめん。……愁くんの悲鳴が聞こえて、それで鍵がまだ開いてたから——」

鍵に触れはしたけれど、閉めていなかったのだ。頭が真っ白になり、息苦しくてたまらなかった。

感謝の気持ちなんてどこにもなく、ただ、絶望的な感情だけが胸の奥で渦巻いている。好きな人以外に触られたくないと泣いた女の気持ちに、まだ共鳴しているのだろうか。

「なんで、乾さんが……」

震える声は、嗚咽《おえつ》で途切れた。両目から涙が零れ、手で口を塞ぐ。

そんな恩知らずな態度を取る愁に怒るでもなく、乾はただ狼狽の表情を浮かべていた。

「うっ……うー……っ」

涙があとからあとから零れて止まらない。

もう女の呪いは消えたはずなのに、あのときに襲われた辛い気持ちが微塵《みじん》も消えていない。

おずおずと乾の手が溢れる愁の涙を拭うが、頭を振って拒んだ。乾を困らせるとわかっていたけれど、堪えられない。

「うぅー……っ」

声を上げてこんなに泣くのは、何年振りかわからない。宥《なだ》めるように触れる乾の手を拒んだ。

解呪も、そのあとのみっともない姿を晒すのも慣れ切っていたはずなのに、どうしてこんなに辛いのだろう。

相手が乾だから。そう自覚したら、消えてなくなってしまいたい気持ちに飲み込まれた。

「……見ないで……」

みっともなくしゃくりあげながら自分で自分の体を抱きしめ、体を丸める。

触れていた乾の掌が、ぎくりと強張った。けれど彼は愁を解放することはなく、より強い力で抱きしめてくる。

こんなに近くにいることが辛くて苦しいのに、同時に相反する幸福感にも似た感情が湧いてきて、愁は混乱した。

「……どうして帰ってくれなかったんですか」

震える唇で、再びなにも悪くない彼を責めるようなことを言ってしまう。

「聞かれたくなかった。……見られたくなかった、こんなの……っ」

なのにどうして、と嗚咽する愁を、乾は抱きすくめた。

「……ありがとう、愁くん」

苦しげに発せられた言葉はこの場に不適当に聞こえて、思わず顔を上げてしまう。

見下ろす乾は、辛そうに笑っていた。その瞳は涙で潤んでいる。彼の表情の意味がわからなくて呆然《ぼうぜん》と見返した。

乾はぐいっと自分の目元を拭い、小さく息を吐く。

「ドアが閉まったら走って、って言われたけど、……愁くんがなにか、黒いものに飲み込まれるのが見えて動けなかった。君が、俺のためになにか大変な目に遭う気がしていたから」

恐らく、彼にはあのときシュマの姿が見えていたのだ。両目から、再び涙が溢れ出した。

「どうして……っ」

解呪の際、呪いをいとし子の体に引き寄せたときに、時折シュマの姿が見える者がいる。乾もそうだったのだろう。

シュマに蹂躙される己の姿を、全部見られてしまった。

嗚咽する愁の背中を、乾の掌が優しく撫でてくれる。そのあたたかさが辛かった。

「すぐに、ドアの向こうから愁くんの悲鳴が聞こえて」

乾はそこまで言って口を噤む。

正直なところ、自分でさえなにを口走ったのか覚えていないし、どんな醜態を晒したのかもわからない。理性もなにもない自分の声を聴かれていたのかと思うと、再び絶望と羞恥《しゅうち》が襲ってくる。

けれど、そんな逃げ出したい愁の気持ちごと抑え込むように、力いっぱい抱きしめられた。

「ありがとう。……解呪が、あんなに苦しそうで大変なものだったなんて、思ってもみなかった。辛かったよね。お客でもない俺のことなんて、放っておいてもよかったのに、それなのに苦しい思いをしてまで俺を助けてくれて、ありがとう」

ありがとうと何度も繰り返す乾に、愁は呆然としてしまった。

あの様子を見たら、眉を顰《しか》められると思っていた。鳥居のひとたちがそうしたように。

それが、いとし子の責務だと、身を尽くして感謝しながら生きろと言われていたから、それが当然だと思っていた。

──乾さんは、違うの？

力を持つ者は徳の高さや自己犠牲の精神を持たなければいけない、と植え付けられていた愁には、乾の言葉が意外に思えた。

確かに、解呪をした相手から感謝の言葉をもらったことはある。そこに違和感を抱いたことも気持ちを疑ったことも今までなかったけれど、でも、その感謝はいつも愁個人には向けられていないような気がしていた。彼らは、なにも知らないから。なにも、見ていないから。

「……でも僕は、慣れてますから」

愁の反論に、乾は眉根を寄せた。

「慣れてたって、苦しいんだろ？　気を失うくらい大変なことなんだろ？」

辛そうにする乾の表情を見て、形容し難い気持ちになる。

「なにも知らないで、能天気にいろいろ聞いたり自分の呪いの話をしたりとかしたこと、今は本当に馬鹿なことしたって思って──」

「──やめてください」

悔恨を滲《にじ》ませる乾を、思わず遮った。

「愁くん」

「……あなたなんかと、知り合わなければよかった」

乾の体が微かに強張る。

苦しいとか、辛いとか、そんな言葉を口にしたって意味がない。だから、考えないようにしていた。言えば、詮《せん》のない辛さを真正面から味わうだけになる。

それなのに、乾は押し込めていたものを暴こうとしていた。

「なんで余計なことをしてくれたんですか。ほっといてくれなかったんですか!」

自分の環境がおかしいだなんて、気づきたくもない。

心が麻痺《まひ》していたから、平然としていられる。けれどその麻痺がなくなってしまったら、常識的な気持ちを取り戻せば、ただ辛くなるだけだ。

なにも知らずにいれば、このまま平気で生きていけたはずなのに。

なのに、もう平気ではいられない。

好きという気持ちを知ったら、辛くて、恥ずかしくて、耐えられない。

「なんで——」

愁の反論を封じるように、乾が今までよりももっと強い力で抱きしめてくる。

息が止まり、涙が零れた。

「――……助けて、乾さん……」

責める言葉を言いたかったはずなのに、気づいたらそう請うて縋っていた。乾の手が戸惑うように、けれどしっかりと愁の体を抱きしめる。

「どうにかしよう、愁くん。俺のできる限り全部で、君の力になるから」

子供をあやすように優しく背を撫でながら、乾がそんな言葉をくれる。泣きそうになって唇を噛み、愁は何度も頷いた。

「……大切な子には、辛い目に遭《あ》ってほしくないよ」

「……え……？」

まったく、微塵も予想していなかった科白に、目を見開く。

あまりに予想外で縁遠い言葉は、理解できないまま耳をすり抜けていった。

「大切な子が辛い思いをするんだったら、自分が辛いままでいい。でも、大切な子が自分のためにしてくれたことだから嬉しいし、そう思う自分を殴りたい」

なんだか相反するようなことを言っている。

けれど、彼の言っていることが、今の愁には共感でき、理解できるような気がした。

自分が辛い思いをしてもいいから、言いつけをやぶってでも乾を助けてあげたくなった。乾に、これ以上辛い思いをしてほしくなかったから。

「……大切、だから？」

それは自問の言葉だった。重ね合わせると、自分は、乾のことを大切に思っている、ということになる。

だが「大切」だけでもしっくりこない。

――大切な友人、っていうだけじゃ……ない。

その感情に名前を付ける前に、先程零れ落ちた愁の問いが己に対するものだと思ったのか、乾が頷いた。

「愁くんのこと、大切だし大事にしたいって思ってるよ」

質問したつもりがなかったのに答えが返ってきて、にわかに惑乱する。

「だって、そんな……もう、僕のこと嫌いになるでしょう？」

「は⁉　なんでだよ⁉　……あっ、ごめん、愁くんに怒ってるわけじゃないよ。違うからね、泣かないで」

珍しく強い語調になった乾だったが、すぐにまるで赤ん坊をあやすように優しい口調に変わる。愁はぐすっと洟《はな》を啜り、乾の顔を見つめた。

「だって、あんな汚い姿見たら」

「なんで俺のために頑張ってくれた愁くんを嫌いになるんだよ！　汚くなんてないし、嫌いになるわけな――」

また声を荒らげかけた乾の、その広い胸に身を埋めるようにして愁は抱き着いていた。ぎし、とまるで軋《きし》むように体を硬直させた乾が「愁くん？」と問うてくる。

自発的に、他の誰かにこうして触れるのは生まれて初めてだ。

誰かに頼ったり、縋ったりするのは許されないことだと信じていたから、躊躇はある。けれど、愁のことを大事だと言ってくれた乾には、身を預けることができた。

泣き続ける愁の体を、おずおずと、けれど力強く抱きしめる。

「嫌いになんてなるはずないだろ。……次は、俺に愁くんの手助けをさせてほしい」

彼のシャツに顔をうずめたまま、何度も首を振る。

「僕、ずっと、人に触ったり触られたりするのが怖くて」

触れたらうっかりシュマが呪いを食うのでは、という恐怖と、誰かと接触するその感触でシュマに蹂躙されているときのことを思い出してしまう。

「だけど、乾さんは怖くない……乾さんだけ、怖くないんです」

「……本当に？」

こくりと頷き、乾にしがみつく。

今まで、「呪い」と共鳴したことなどなかった。けれど、乾に取り付いていた女の気持ちに振り回されてしまったのは何故か。その理由を、愁はずっと考えていた。大切だ、と言ってくれた乾の言葉が、今一番しっくりきた。

――乾さんのこと、すごく、大切なんだ。

ふいに、顔を上に向ける。乾は何故か首まで真っ赤になっていた。

「乾さん」

ほんの少しの逡巡《しゅんじゅん》のあと、乾のシャツを握った。乾の体がびくんと固まる。

「……僕に、触れてみてくれませんか？」

「っ、え？」

上ずった声で訊き返されて、緊張しながらもう一度言う。

「乾さんのこと、怖くない。……それが、嬉しいんです、だから、確かめさせてくれませんか？」

ずっと怖くてたまらなかった。他者も、悪意なく触れる他者を怖いと思ってしまう自分も。それが乾限定かもしれなくても解消されて、なにか重苦しいものから解放されたような気持ちになっている。

たどたどしく訴えかけると、乾は「んん……」と唸《うな》り声のようなものを上げて、仕切りなおすように息を吐いた。

「……嫌だったら言って」

「嫌だなんて言いませ――」

反論しかけたが、勢いよく抱きしめられて言葉を失った。

乾の両腕に閉じ込められて、彼の体温を感じる。心音は、どちらのものだろうか。

体を強張らせたまま、ぎこちなく乾の広い胸に体を寄せる。

他の誰かの体温が、こんなに心地よいとは思わなかった。不安が解けていくようで、次第に体から力が抜けていく。

「……あ、の」

愁は今まで、人との接触は解呪のときに手を握るくらいのもので、それ以上触れ合うのが怖かった。だから、誰とも触れ合わずにこのまま死んでいくのだと覚悟していた。

だけど、乾に触れられると、安堵《あんど》するだけではなく、心地よさを覚えている自分に戸惑ってしまう。

無造作に突っ込んだり蹂躙したりしてくるシュマの瘴気《しょうき》のようなものとは違い、優しく、宥めるように乾は触れてくれた。ぽん、ぽん、と赤ん坊にするように背中を優しく叩かれる。

「……あのね、愁くんはなにも悪くないんだよ」

「え……？」

「前に、言ってただろ？　誰かが呪われていても見過ごしてきた、俺の呪いに気づいてもなにも言わなかったし、祓えることも言えなかったって。それでいいんだよ」

前も、彼は似たようなことを言ってくれた。けれど、自分自身が少し変わったからだろうか、あのときよりももっと、心が揺さぶられる。

「俺も、嬉しかった。愁くんに、悪いのは呪いで、俺じゃないって言ってもらえて」

「だってそれは本当のことで――」

うん、と頷いて、乾は胸に抱えた愁の頭を撫でてくれる。

「俺も同じ気持ち」

優しい声音に、涙が込み上げた。胸に顔を埋める愁の背中を、辛抱強く叩いてくれる。

「……大丈夫そう？」

どれくらいそうしていたのか、優しい声音で問いかけられて、頷く。

怖くなかった。苦しくもなかった。痛くもなかった。辛くもなかった。

「幸せで、気持ちよかったです」

素直に感想を言うと、一瞬、乾の腕がびくっと強張った。

解呪の儀式で与えられてきた苦痛の記憶を、乾に触れられたことでほんの少し上書きしてもらえたような気がする。

「苦しかった時間を、少し、忘れられる気がします」

比べること自体が申し訳なくなるほど、幸せで心地よい時間だった。

「そっか。……うん」

応えた乾の声が、少しぎこちない気がした。

顔を上げてその表情を確かめようとしたら、またぎゅっと抱き竦められることで阻止されてしまう。

今度は、愁も乾の広い背中に初めて腕を回した。抱きしめられているのに、自分も彼を抱きしめているようで、なんだかおかしい。

思わず笑みを零すと、またほんの少しだけ、乾の腕に力が入ったような気がした。


翌日、乾《いぬい》はノートパソコンと大量の荷物を抱えて愁《しゅう》のマンションへとやってきた。その荷物の中には、黒沢《くろさわ》神社に関する資料のほか、今までに集めた研究資料や文献、その複写などが入っているらしい。

助けを求めてはいたが、愁は乾が本当になんとかしてくれると思っていたわけではなかった。ただ、言わずにおれなかっただけである。

だが、乾は本当にどうにかしてくれるつもりらしい。

「……あんまり期待してないね？」

苦笑しながら言われて、慌てて首を振る。

「いえ、そういうわけでは……」

「まあ、俺も絶対って言いきれるわけじゃないからなぁ。期待されてないのも悲しいけど」

ははゝと力なく笑う乾に申し訳なくなって縮こまる。

——乾さん、いつもと変わらない。

愁に触れた後、乾は宣言通りそれだけで帰っていった。別れ難くて「泊まっていってください」と申し出たのだが、乾に「流石にこれ以上は危ないので」という謎《なぞ》の文言をやたらと神妙な顔で言われて断られたのだ。

呪《のろ》いはもういないのに危ないとは、と思ったけれど、それ以上のわがままも言えないので、その日は名残惜しく思いながらも別れた。

「ところで、この黒い子ってさ」

乾が壁際に佇《たたず》むシュマを指さす。黒い子、という少々可愛《かわい》らしくも聞こえる呼称に戸惑った。驚いたことに、解呪以来、乾にはシュマの姿が見えているらしい。解呪のあと一時的に見えていた参拝者は今までもいたが、その後もずっと見え続けているのは乾が初めてだった。愁が知らなかっただけで、他にもいたのかもしれないが。

「黒い子……シュマですか?」

「シュマっていうんだ?　……カメラで撮ってみてもいい?」

愁と、そしてシュマに向かって乾がおうかがいを立ててくる。本当に見えているようだ。愁は戸惑いながら頷《うなず》き、シュマは相変わらず反応を示さない。

撮りまーす、と声をかけてから、乾が自身の携帯電話でシュマを撮影した。

「あー……やっぱ駄目だな」

そう言って、乾は携帯電話の画面を見せてくれる。そこには壁と床が映っているだけだ。

「シュマは機械を通せないタイプってことかぁ」

「……機械を通すタイプがいるんですか？」

疑問を投げかけると、乾はにこっと笑う。

「そう。人の目には見えないけど映るタイプとかもいる。いわゆる心霊写真みたいなね。シュマはスマホを構えたときにも映ってなかったからどうかなと思ったけど、やっぱり映らないね」

乾はそう言って携帯電話をボトムのポケットに差し込んで、鞄《かばん》からノートとペンを取り出す。愁と違って絵心のある彼は、シュマの絵をノートに描きだしていた。そこに描写されたシュマの姿は、自分の見ているものとほぼ同じで、感心してしまった。

「お上手ですね」

「いやいや。どう？　愁くんが見てるものと同じ？」

「あ、はい。同じです。そっくりです」

輪郭も、ぼやけた感じも、首から下がっている木札も、自分の目に映っているものと同じだった。全体的に真っ黒で、服を着ているわけでもなく、腕はあるが指は見えず、足に至ってはまったくわからない。

ふむふむ、と乾は絵とシュマを見比べる。

「なんか、体格のいい猫背のスレンダーマンみたいだよね」

スレンダーマンというのは、海外の都市伝説のような架空のキャラクターで、身長が三メートルある顔のない男とのことである。

愁はシュマに対して人や人型というよりは動物に近い印象を持っていたので、ちょっと意外な譬《たと》えだった。

——今まで、自分以外にシュマがはっきり見える人って殆《ほとん》どいなかったからなぁ……。

一応、宮司や禰《ね》宜《ぎ》である鳥《とり》居《い》家の人間には見えているようだが、愁が彼らと無駄な会話をすること自体が滅多にないので、話題に上ったこともほぼない。

彼らにどう見えているか、鮮明なのか不鮮明なのかさえよくわからなかった。

「どうして『シュマ』って名前つけたの?」

乾はじっとシュマを見つめながら、そんな問いかけをする。

「いえ、僕がつけたわけじゃなくて、昔からこの名前がついている、って聞きました」

「え、そうなの?」

乾が振り返る。意外そうな声を出されて、首を傾《かし》げた。

「名前が『愁』くんと似てるから、自分でつけたのかと思った」

そんな予想に、頭を振る。

「小さい頃……四歳で『祝福』を受けたときに、シュマっていう、代々『いとし子』とともにあるものだ、って言ってたと思います」

愁の発言を携帯電話に書き留めながら、乾がふむ、と頷いた。

「『いとし子』とともにある『もの』って言ってた？　『神様』とか『呪い』とか別の言葉だった可能性はある？」

「ええと……？」

当然ながら一言一句違《たが》わずに覚えているわけではないので、自信はない。あくまでそういうニュアンスのことを言われた、という記憶しかなかった。

そう伝えると、なるほどなるほど、と乾は更にメモをとる。

――言われてみれば、シュマのことなんてあんまり考えたことなかったな。

シュマこそ、なにも考えていないかのようにぼんやりと佇んでいる。乾はシュマを見て、じっとなにかを考え込んでいるようだった。

「愁くんにとって、シュマってどういう存在？」

シュマは、自分以外にはごく限られた人にしか見えていないので、いるのかどうかも本当はわかっていなかった。陵や伯父のように、見えているはずの人ともシュマについて話すことはほぼない。

「……そう、ですね。物心ついてすぐくらいから一緒にいるので、違和感はないし、空気みたいなもの、というか」

自分にとっては、部屋にあるぬいぐるみや、鞄にくっついているマスコットのような認識に近かった。見えない人からすれば、愁とシュマの関係はイマジナリーフレンドのようなものかもしれない。

「一緒にいるのが当たり前すぎて考えたことがなかったです」

「まあ、それはそうだよね。家庭内ルールもそうだけど、学校とかの外部と触れ合うことで初めて自分が異質って気づくものも結構あるしね」

そんな一般論に落とし込んでくれる乾に、ほっと息を吐く。

友達関係も含めて外部とほぼ接触しないままこの齢になった自分は、人と違うところが多いのかもしれない。

「『シュマ』の役割は『呪いを食らうこと』って感じでいいのかな?」

「そうですね。黒沢神社で行われる『特別な御祈禱《ごきとう》』……『解呪』は、『いとし子』が一度呪い等を引き受けて、シュマがそれを食べることを言います」

「……シュマが自発的に呪いを食うことはない?」

「そうです。あくまで、いとし子を媒介にします。昔からそうなんじゃないかなと思います。少なくとも、僕はシュマが勝手に呪いを食うのは見たことがないです」

以前乾の呪いにそうしたように、自分から近づいていくことはある。だがいくら呪いに近づいても、シュマは勝手に食わない。

「近づくと匂《にお》いを嗅《か》ぐような反応はしますけど」

「ん？　そうなの？　じゃあ見えてはいる……というか、自分が食う・食えるものだと認識して近づくけど、食べないのか……」

うーむ、と乾は腕組みをした。

「……まあでも、仏教と違って、神道ってそういう概念なんだよね。人間のパワーで除霊とかするんじゃなくて、神職はあくまで神様と参拝者の仲介役っていうか」

だから納得はできるんだけど、とまったく納得できていない様子で乾は思案する。

「ちなみになんだけど、『いとし子』ってどういう基準で決まるの？　シュマが選んでるってこと？　シュマに選ばれたときのことってなにか覚えてたりするかな？」

「いえ。……自分が選ばれた理由はわからないです」

乾はなにかの記事のコピーをテーブルの上に置いた。それがなにかといえば、市立図書館に所蔵されていた郷土資料だという。

乾は黒沢神社以外に、市立図書館や博物館、郷土資料室などへ行ったり、法務局で閉鎖登記簿謄本を取ったりしているそうだ。

「これは明治期に書かれたこの地域の風土記なんだけど、江戸の頃からいとし子は『祝福』によって黒沢神社のひとが選ばれる、ってある。そして、見る限り、当主といとし子が兼任したっていう記録はないみたいなんだ」

「そうなんですか」

乾は、クリアファイルからコピー用紙を一枚取り出し、テーブルの上に乗せる。

「で、これが同じ本に載ってた画像。黒沢神社所蔵の資料の写しで、いとし子と宮司の名簿だそうだよ」

「えっ？」

ということは、外部にはっきりと存在を知らせていた時期があるということだろうか。

初めてその資料を見たが、そこには当時の宮司と、その下にいとし子の名前が記載されており、数代前からの名前も並んでいる。確かに必ず別の人物の名前が書かれていた。

――宮司が変わると、いとし子も交代してる……？　いや、そういうわけでもないのかな？

宮司の下に併記されたいとし子は、二人や三人いたりすることもあった。だが、宮司二代と並ぶいとし子はいない。

年齢や家庭の都合で交代したのか、それとも――。

「この祝福っていうのは、シュマを指すってことでいい？」

問いかけに、はっと顔を上げる。

「多分……？　いや……うーん」

はっきりとしない物言いをした愁に、乾は訝《いぶか》しげに首を傾げた。

「なにか違った？」

「ええと、『祝福』はシュマそのものというよりは、シュマがくっつく儀式？　契約？　のことかな、と思って」

伯父たちからもそのあたりははっきり説明されてはいないような気がする。それが意識的にか無意識的にかは愁にはわからないが。

愁の言葉に、乾は目を瞠《みは》り微《かす》かに身を乗り出した。

「契約？　シュマが選んだ時点で『いとし子』が成立するんじゃなくて？　……もしかして『いとし子』って、人為的に選別されてる？」

前のめりに問われ、戸惑いながら頷く。

「はい。……シュマが選ぶというよりは、適性があるとされた人間がシュマと契約して、『いとし子』になるんだと思います。少なくとも、僕はそうです。黒沢神社の出資する養護施設から養子に入って、すぐに『祝福』――いとし子になるための、シュマとの契約の儀式を受けました」

「え⁉　……待って、養子？　遠縁とかそういう繋《つな》がりで、養子に入ったってこと？」

「いえ。血の繋がりはないはずです」

DNA検査などで明確に調べたことはないが、血筋的な繋がりはないはずだ。だいぶ朧《おぼろ》げな記憶だが、施設にいた頃に、年上の子から「お前は玄関先に置き去りにされてたんだよ」と教えられたことがある。

「待って待って。じゃあ『いとし子』は鳥居の血筋は関係ない？　……それはだいぶ、話が変わってくるぞ」

「そうなんですか？」

「そうだよ。人為的に選別されてるどころの話じゃない。ちなみに、書類上のご両親は健在？」

「多分……？」

実際のところ、書類上の愁の両親にあたる人たちとは、学校に通っていたときくらいしか顔を合わせたことがない。それも家庭訪問や三者面談など、絶対に親が外せない用事のときに限られ、それ以外は卒業式等ですら会っていない。

その話を聞いて、乾は思い切り顔を顰《しか》めた。愁の視線に気づいて、すぐにいつもの柔らかな表情に戻る。

「なるほどなあ……言い方は悪いけど、鳥居の人が『シュマ』っていう超自然的な『なにか』に関する利害関係のために、代々生贄《いけにえ》を差し出してきたって可能性だって出てきたよ、それは」

生贄、という単語を仰々しいと思いながらも、背筋がぞくっとする。

今まで意識してきたことはなかったが、自分の状況を説明するのにそれほどしっくりくる言葉はないような気がして、怖くなった。

どちらからともなく、二人でシュマへと視線を向けた。牧歌的にも禍々《まがまが》しくも見えるシュマは、こちらを気にする気配がない。

「あー……でもそう考えると、腑《ふ》に落ちる。薄々そうかとは思ってたけど、しっくりくる」

「なにがですか?」

「調べ始めてから微妙に気になってたのが、『いとし子』って言葉自体で選ばれし存在……貴重な感じを出してるくせに、全然尊重されていないというか、大事にされていない雰囲気が気になってたんだよね、ずっと」

「僕が、ですか?」

「いや。そもそも愁くんが『いとし子』って知ったの昨日だし。歴代のいとし子が、だよ」

乾はフィールドワークの一環として黒沢神社にやってきてからずっと、見える範囲での愁たちの遣り取りを観察するだけでなく、黒沢神社の「解呪」「追儺《ついな》」――ひいては「いとし子」についての資料にいろいろとあたっていたという。

だが、あくまで資料や史料の上ではあるが、敬われたり、崇《あが》め奉られたりしていたような痕《こん》跡《せき》や印象が見えないそうだ。また、いとし子本人が恩恵を受けている様子も。

「まあねー、生贄とか人身御供《ひとみごくう》ってのは古今東西そういうもんなんだけどさ。立場のより弱い人とか、旅人とかを使うんだよ。生贄にする前にはちょっとだけいい目を見せたりしてね。いとし子の場合は、『いとし子』っていう呼称で特別感を与えてるって感じなのかな。……ご家族のことをこんな表現して申し訳ないけど、利用というか搾取というか」

もう一度資料を読み返してみよう、と乾が眉間《みけん》に皺《しわ》を寄せて頭を抱える。

乾の「利用」という表現は、愁としてはあまりしっくりくる表現ではなかった。自分では、「責務」だと教えられてきたからだ。

「愁くん、差し支えがなかったら教えてほしいんだけど、『祝福』ってどういう儀式なの？」

「ええと……」

どう説明しようか、と逡巡《しゅんじゅん》し、愁は見せた方が早いかと席を立った。

きょとんとする乾の前で、つとシャツを脱ぐ。乾は「わあっ！」と声を上げた。

「し、愁くん⁉　どうしたの急に」

「あの、背中見てもらえますか」

「へえ⁉　背中⁉」

変なリアクションを見せて赤面する乾に、つられて羞恥《しゅうち》を覚えてしまった。

上半身裸のまま、慌てて背中を向ける。少々騒がしかった乾は、すぐに静かになった。

「これ……シュマが首？　から下げてる木札と同じ模様？　文字？」

「そうです」

自分からは見えない場所にあるが、愁の首の付け根の少し下には、梵字《ぼんじ》のような模様の刺青《いれずみ》が施してある。サイズは、手で隠せる程度だ。

乾が指摘するように、それはシュマの首から下がっている木札の模様と同じものである。黒っぽい二枚の板に、筆で書かれたと思われる文字か模様が墨で書かれていた。

「これなんなんだろうなぁ、梵字……では、ないかな。そもそも神社で梵字は違うし……黒沢神社特有の神代文字の一種かなぁ……」

ぶつぶつと分析し始める乾の視線が背中に刺さって、次第に落ち着かなくなってくる。見せた方が早いかと思ったけれど、こうもじっくり見られるとは思わなかった。

——なんか、恥ずかしいな。男同士なのに……。

昨日はもっとあられもない姿を見られたものの、そもそも、他者に肌を見せること自体がないせいか、単に上を脱いだだけなのに急に羞恥が湧き上がってきた。

顔が熱くなってきて、微かに身じろぎをしたら、背後から「あっ」と声がする。なにかあったろうかとびくっとすると、乾が後ろから愁のシャツを引き上げた。

「ご、ごめんね。風邪ひくから、着て」

「あ、そ、そうですね。すみません」

風邪を引くような季節ではなかったが、否定はせずにシャツのボタンをとめる。

妙によそよそしい空気が二人の間に流れてしまい、愁はこほんと咳《せき》払いをした。

「この文字か模様かよくわからないものを、体の一部に彫るのが『祝福』です」

そして祝福を受けた者は「いとし子」と呼ばれ、シュマと一心同体となり、自分を媒介としてシュマに呪いを食わせる。それが「解呪」だ。

「……四歳で、さっきのを彫ったの？」

「はい。痛み自体はもう覚えていないですけど、痛くて泣き喚《わめ》いた記憶が少しあります」

幼児だったこともあり、暗い幣殿《へいでん》はどこまでも大きく、高い天井は深い闇のように見えた。その中で、泣き叫ぶ小さな体を大人数人がかりで押さえつけられたのが、黒沢神社に預けられた最初期の記憶だ。

懐かしく思っていると、対面の乾に頭を撫《な》でられた。驚いたが心地よく嬉《うれ》しくて、目を細める。

「痛いし、怖かったろ」

まるで自分が痛い思いをしているような顔をする乾に、頬《ほお》が緩んだ。

「でも、僕は親がいなかったから逆によかったかなとも思います。もし、縋《すが》りたい人がいて、だけどその人がいない、いても縋ることが許されない、っていう状況だったら、多分もっと辛《つら》かったと思います」

実感を持って言えるのは、乾の存在で初めてそんな感情を覚えたからだ。

初めからその存在を知らなければ、その点においては辛く思うことがない。

本当に平気だというアピールをしたつもりだったのに、余計に辛そうな顔をさせてしまった。

宥《なだ》めるように、乾の手が優しく触れてくる。

「愁くん」

名前で呼ばれて、心臓が大きく跳ねた。乾に名前を呼ばれるだけで、いつもの体の強張《こわば》りが解けるようだった。

返事を返そうとした刹那《せつな》、テーブルの上に置いていた愁の携帯電話が鳴り響いた。弾かれるように互いに身を離し、愁は携帯電話の画面をタップする。

「――はい、愁です」

電話をかけてくる人物は、業者以外は鳥居の人間しかいない。電話の向こうにいるのは、陵《りよう》だった。

『参拝者だ。すぐに来い』

素っ気なく用件だけを言うなり、電話は切れた。

選択権がないとはいえ、返事どころか会話さえさせてもらえない。小さく息を吐き、携帯電話をテーブルに戻す。

「もしかして今から仕事？」

一度帰宅したのに？　というのを言外に含んだ問いに、苦笑して頷いた。

「それが、『いとし子』の責務ですから」

このまま部屋で待つか、それとも帰るかと訊《き》こうとするより早く、乾が「俺も行っていい？」と口を開いた。

「えっと……」

「中まではどうせ入れないでしょ。でも、外で待ってるのはいいよね」

外で待たせるのは申し訳ないと思ったけれど、「いいよね」と重ねられて、頷いた。

「……乾さんにはいろいろ知られちゃったし、乾さんが構わないなら、いいです。でも本当にお待たせすることになると思いますけど……」

「いいよ。待ってる。でも、俺のことは気にしないでいいからね。気になるようだったら適当に戻るから」

じゃあ行こうか、と乾が荷物を持って腰を上げた。慌ててその後を追いかける。

二人でマンションを出ると、すでにあたりは真っ暗だった。街灯も少ないので、本当に暗い。

「強引についてきておいてなんだけど、嫌なら断っていいんだからね」

「え？」

思いがけない乾の科白に、少々面食らう。

「……なんだか、愁くんって断ることが苦手というか、初めから想定してないみたいだから」

そんなことない、と否定しようとして、確かにその通りかもしれないと気づかされた。鳥居家に引き取られてから、拒むという選択肢を与えられていなかったからかもしれない。

確かに、電話がかかってきてから乾が少し強引だな、とは思った。多分、このことを愁に伝えたかったのだ。

なにも言えなくなった愁の手を握り、乾は自らのほうへと引き寄せる。よろめいて体が触れてしまったが、乾はびくともしなかった。

「これからは……俺には、遠慮なく断っていいからね。嫌なことは嫌って言っていいんだからね。本当は誰に対してだって、愁くんには拒む権利があるよ」

優しい声音には、心配が滲《にじ》んでいた。

それだけで、その言葉をもらえるだけで、なにかが許されたような安堵《あんど》の気持ちに満たされる。はい、と頷いたら、乾は繋いでいた手をぱっと離し、人好きのする笑顔を浮かべた。

「……なので、もし愁くんがついてきてほしくない、というのであれば、境内の前まで行ったら俺は引き返しますが。どうされます？」

やけに畏《かしこ》まった口調で提案され、愁は目を丸くする。それから小さく吹き出した。

「もし、待っててくれるなら一緒に帰りたいです。でもどこかで時間は潰しててください」

「承知いたしました」

仰々しく応える乾に、二人で顔を見合わせて笑ってしまった。電話を取ってから無意識に緊張していた心と体が、少し解れる。

——やっぱり、乾さんと一緒にいるの、好きだな。

帰り道に乾が待っていると思えば、辛い時間も乗り越えられそうな気がした。

「あ、でも」

ふと気が付いて声を上げると、乾が「ん？」と首を傾げる。

「……嫌なことは嫌って、断っていいって乾さんは言いましたけど、乾さんから言われて断るようなこと、多分ないと思います。別に、なにも嫌だなって思ったことないです」

それだけは一応訂正しておこうと思って言うと、乾は何故かとても神妙な表情になった。ぎゅっと目を瞑《つむ》って「あー」と呻《うめ》き声のような声を出し、右手でごしごしと顔をこする。

それから急に真剣な面持ちになると、改まって「発言は慎重に」と不可思議なことを言った。


神社に向かって街道筋を二人で歩いていると、鳥居の下に珍しく陵の姿があった。

「こんばんは、鳥居さん」

愁は言いつけを破った気まずさに身を強張らせたが、乾はまったく気にした様子もなく、陵にのんびりと挨拶《あいさつ》をする。陵は眉を顰め、愁と乾に咎めるような視線を向けた。

「……こんばんは。乾さんは、何故こちらに？」

乾と愁の顔を交互に見て、陵が当然の疑問を投げる。

「遅い時間なので、愁くんを送ってきたんです。ね？」

そう言いながら、乾は愁の肩を抱いた。

言った。

「あっ、はい」

乾の行動に驚きながらも頷く。陵は訝しげな表情を浮かべながらも、「そうですか」とだけ
「……愁」

陵に低い声で呼ばれて、びくっと肩を竦《すく》める。

「これから大事なお勤めがあるというのに、部外者を連れてくるなんてどういうつもりだ？」

「——僕が勝手についてきたんですよ。別に社殿までは入りませんし、境内に参拝客が入るのは、時間を含めて特に制限されていませんよね？」

謝ろうとした愁より先に、乾がそう言って割り込んでくる。

確かに乾の言う通りなので、陵はそうですねと素っ気なく返した。表面上は抑えているが、彼が憤慨しているのが伝わってきて、愁は俯《うつむ》いた。

「——陵、愁、なにをしているんだ。早く……」

社殿の方からやってきたのは、愁の伯父であり、陵の父親でもある宮司だ。陵より若干背が低いが、顔はよく似ていて、年齢よりも若々しい。彼もまた、部外者である乾に気づいて眉を顰めた。

「どちら様ですかな」

「先日からこちらで取材させていただいている、乾と申します」

乾の自己紹介に伯父は「ああ」と頷いて笑顔を作り、それから一瞬だけ愁に視線を向けた。

「申し訳ありませんが、今からご祈禱が始まりますので」

「はい、今日はこちらでお暇《いとま》します」

あっさりと頷いて、乾が微笑《ほほえ》む。

伯父も一瞬怪訝な顔をしたが、それよりも今は「解呪」のほうが優先なのだろう、よければまた明日いらしてくださいと社交辞令を口にして、踵《きびす》を返した。

再び三人になり気まずく思いながら、ちらりと乾を見る。

「えっと、じゃあ……」

「うん。待ってる。終わったら連絡して」

迎えに来るから、と言って、乾は愁の頭を撫でた。なんだかやけに子供扱いされているなとちょっと恥ずかしかったが、触れられると心地よく、愁は笑って頷いた。

じゃあ後でね、と手を振る乾に小さく手を振り返して、じっと陵に見られていることに気づく。はっとして手を引っ込めた。

「あの」

「さっさとしろ。もう、参拝者が待ってるんだ」

不機嫌そうに言うなり、陵が背を向ける。愁は乾を振り返りながら、その後を慌てて追った。

幸いにも、今日の依頼人は実際に呪いを受けている人物ではなかった。

本人は、このところ体調が思わしくなく事業もうまくいかないので、絶対にライバル会社からの呪いがかけられている、と訴えていたが、彼にとって幸か不幸かわからないが実際にはなにもなかった。体調のほうも病院では健康だと診断されたというので、いわゆる典型的な「病は気から」という類《たぐい》である。

そういった場合は大概厳かな儀式を見せれば満足するので、シュマの出番は必要ない。

通常通りの除災招福祈願の形でお祓いを斎行し、金額だけは「解呪」と同等のものをいただいてお帰り頂く。

ほっと胸を撫で下ろし、社務所内の更衣室で着替えを済ませて携帯電話を取り出した。今まで鳥居の人間以外と遣り取りをすることもなかったので、乾と知りあって初めてメッセージアプリを入れた。

まだ使うのに慣れないその画面に、乾からのメッセージが届いている。

『終わったら連絡してね』

別れ際に彼が言ったのと同じ言葉が書かれていて、自然と頬が緩んだ。文字で返そうか、それとも電話をしようかと迷う。

「――愁」

背後から突然名前を呼ばれて、反射的に背筋を伸ばした。携帯電話を取り落としそうになり、慌てて掴みなおす。

聞き慣れた声は陵のもので、振り返るとまだ袴《はかま》姿の陵が睨《にら》むようにこちらを見ていた。

「陵さん、あの、お疲れ様です」

携帯電話を鞄にしまうと、何故か陵は苛立《いらだ》ったような表情になる。ち、と舌打ちをして、歩み寄ってきた。

「──あの男と随分仲良くしているみたいだな」

その問いに深い意味はなかったかもしれないが、生まれて初めて他者に特別な感情を抱いたせいか、必要以上に狼狽《ろうばい》してしまった。

そんな愁を見咎《みとが》めて、陵が睨みつけてくる。

「あいつは変に嗅ぎまわってるから近づくなって言ったのに、お前は黙ってずっとあいつと会っていたのか?」

確かに、乾が神社にやってきた頃から、やけに陵は警戒していた。「いとし子」や「特別な御祈禱」について興味を持っているようだと。だから、乾に対して余計なことを話すなと、愁に釘《くぎ》を刺してきていた。

──でも、乾さんが言ってたけど……隠すのは代々そうしてきたわけじゃない、のに。

その事実を知ったからといって反論できるはずもなく、どう言い訳していいかもわからず立ち往生していると、陵は不意に手を振り上げる。

身構える間もなく、左頰に衝撃が走った。

「……っ」

「お前、勝手に『解呪』をしただろう！」

胸倉を摑まれて、もう一度左頰を叩《たた》かれる。一瞬目の前が真っ白になった。

陵からこんなふうに殴られたのは初めてで、声が詰まる。

「すみま、せ……」

震える声は、喉《のど》に引っかかってうまく出てこない。

陵は我に返ったように目を瞠り、手を乱暴に離した。ち、と舌打ちをして、再度こちらを睨みつける。

「俺や親父にわからないとでも思ったのか⁉　あんなに肥大しまくった呪いを背負っていたやつが……そんな呪いが、自然に消えるはずなんてないだろうが！」

だが、伯父は先程、呪いを背負っていない乾をなんの反応も示さず、咎めることもなかった。

「『祝福』を受けて『いとし子』となったくせに、私物化が許されるとでも思ったのか⁉」

「そんな、つもりじゃ」

「口答えするな！　そういうことだろうが！」

怒鳴りつけられて、身を縮める。尖《とが》った声が耳に刺さって、鼓膜がびりびりと痛んだ。

荒い呼吸を整えながら、陵は表情を歪《ゆが》めた。再びこちらに向けて陵の手が伸ばされて、頰を打たれたばかりの愁の体はびくっと強張る。

陵は一瞬、傷ついたような顔をして、手を引いた。

「……自由なんて与えるから、こんなことになるんだ」

ぽつりと呟かれた言葉に、顔を上げる。

「『いとし子』としての自覚がお前には足りない。暫《しばら》く、宿坊に留まって心身ともに清め直すといい。わかったな」

「そんな……！」

声を上げたが、陵に睨み下ろされて口を噤《つぐ》んだ。

宿坊は、神社や寺社にある宿泊施設のことを指す。黒沢神社では、氏子や、参拝客に提供することもあるが基本的には神職のためのものであり、修行などの際に使われている。

修行とは言うものの、使用率が高いのは「いとし子」としてのお勤めを終えた後の愁だ。

「――聞き分けのないことを言うな」

歩み寄ってきた陵に無意識に身構えると、吐き捨てるように言われる。

「『いとし子』としての責務くらい全うできないのか、この恩知らずが」

「は、い……」

「……俺が、なんのために……」

陵は更衣室を出ていく。踏み鳴らすような足音が遠のいていき、途方に暮れた。

——……宿坊で、ってことは、今日から家に帰れない？

時間差でじわじわと鈍い痛みがやってきた頬を撫でながら、呆然《ぼうぜん》とする。

先程の調子だと、このまま宿坊に押し込められるに違いない。

どうして、と湧いた疑問の答えは今しがた陵が言っていたことなのだろうと思う。

愁が、本来高額で依頼を受ける解呪を独断で乾に施したから。事前に、個人的に遣り取りをするな、いとし子の内情を話すなと厳命されていたのに、その約束を破った。

悪いのは自分なのだ。自業自得だ。

——……えっと、じゃあ、乾さんに連絡、しなきゃ……。

待ち合わせて帰る約束をしていた。今日は戻れない、と連絡をしなければいけない。部屋で待っていて、と言ったところで、いつ帰宅できるかもわからなかった。その旨を、彼に伝えなければならない。このあたりは、終電だってそんなに遅くまであるわけじゃない。

のろのろと鞄を開け、携帯電話を取り出す。

「……っ」

どうしてか涙が零《こぼ》れて、目元を拭《ぬぐ》う。拭っても溢《あふ》れて止まらず、唇を噛《か》んだ。

零れる嗚咽《おえつ》をこらえながらアプリを立ち上げ、慣れない手つきでメッセージを送る。電話をしたら、泣いているのがばれて心配させてしまうから。

『先に帰っていてください。また連絡します』

そうメッセージを送ると、すぐに既読のフラグが立った。

『お疲れ様。なにかあった?』

返ってきたメッセージに、少々迷って『今日は帰れなくなりました』とメッセージを送る。

送ってから、理由を訊かれたらどう返せばいいのだろうと焦った。

ほんの少しの間をおいて、また返信がある。

『じゃあ、最後に顔だけ見て帰りたいから、参道のほうに出てきてくれる?』

「え……」

その文面を見て、慌てて顔を拭った。

待たせておいて結局そのまま帰らせる、というのも気が引けていたし、境内の中ならば「外出」とは見做《みな》されないだろうか、と言い訳じみた考えが浮かぶ。

そうやって理由を付けて、乾に会いたいと願っている自分に気づいた。以前までの自分なら、陵のことが思い浮かんで断っていたに違いない。

逡巡しているわずかのうちに、『鳥居の下で待ってる』とメッセージが送られてくる。少々強引で、けれどそうしてくれるから、『行きます』という返事が打てた。

もしかしたら陵が戻ってくるかも、と不安になりながらも、愁は急いで鳥居のほうへと向かう。どこで待機していたのか、すでに乾の姿があった。

「乾さん」

小さく呼びかけて、走り寄る。乾はとっくにこちらに気づいていて、手を振ってくれた。

「あの、お待たせしました」

いや、と言ってから、乾の眉が訝しげに寄せられる。

険しい表情にどうしたのかと思っていたら、乾が愁の左頬に触れてきた。大きな掌は、ひんやりとして心地いい。

「どうしたの、ほっぺた。少し腫《は》れてる」

彼の掌を少し冷たく感じたのは、単に自分の頬が熱を持っていたかららしい。叩かれたと言うわけにもいかなくて、焦って言い訳をする。

「あの、ぶつけちゃって」

「……解呪してないのに、そんなことになる？」

どうして今日は本当の解呪をしていないとわかったのだろう。

そんな疑問を口にしたわけではなかったが、解呪をしていたとしたらもっと時間がかかるだろ、とすぐに答えてくれた。

「誰にやられた？」

険しい表情で問われ、「本当にぶつけました」と誤魔化す。

だが愁が嘘《うそ》を言っていることくらいわかっているだろう、乾は憤りの表情を浮かべながら、それでも愁の気持ちを汲《く》んで「そう」と頷いてくれた。

「『ぶつける』ことって、よくあるの？」

「いえ。……全然なかったです、本当に」

優しく労《いた》わるように撫でられて、少々面映《おもは》ゆい。今までそんな風に触れられた覚えが殆どないからかもしれない。

触れられた部分から安堵の気持ちが広がっていくようで、自然と笑みが零れた。

「今日は帰れないってさっき連絡くれたけど、神社でなにかお仕事？」

「えっと、はい。それで、今日は……というか、しばらくマンションに帰れないことになって」

ちゃんと説明しなければと思うのに、言葉が次第に尻すぼみになっていく。

そんな感じです、と言えば、乾は「わかった」と顔を顰めた。全然「わかった」の顔じゃない、とちょっとおかしくなる。それは愁を心配してくれているからだとわかるから、不謹慎だけど嬉しく思ってしまった。

「じゃあ、自宅に戻ったら連絡くれる？　それまでは大人しく待ってるから」

「――愁！」

はい、と頷こうとしたのとほぼ同時に、大声で名前を呼ばれる。

振り返ると、まだ上下袴姿の陵がこちらに向かって大股に歩いてきていた。その様子だけで彼が怒っているのが知れて、体に力が入る。

陵はこちらに近づくなり、愁の二の腕を摑んで引き寄せた。あまりの力の強さに、思わず息を飲む。

「お前はまた……！　さっきの今で勝手に抜け出して、どういうつもりだ！　今日から宿坊で修行だと言ってあっただろ！」

「す、すみませ――」

「そんなに怒らないでください。僕が顔だけ見せてほしいってお願いしたんです」

やんわりと割って入った乾を、陵は睨《ね》めつける。

「勝手なことをしないでいただきたい。どういうつもりです」

「どういうもなにも、別に個人的に愁くんに会うのを咎められる謂《いわ》れはないですよ」

のんびりとした口調だが、はっきりと言い返した乾に、陵は一瞬呆気《あっけ》にとられた様子だった。

それからすぐに、嘲笑《ちょうしょう》を浮かべる。

「個人的な、と言いますが、単にうちの情報を引き出すために下っ端の愁を利用してるだけでしょう。取材で慣れていて、そういうのは多分お上手でいらっしゃるから」

それは、乾を煽《あお》っているようでもあり、愁に対する当てつけでもあるのだろう。お前は取材に利用されているだけだ、本当に仲良くなったわけじゃないから勘違いするなよ、と。

きっと、もう少し前にこの科白《せりふ》を聞いていたら、自分もそうだと感じ、完全に乾から距離を置いていたかもしれない。

乾は頭を掻《か》き、ふう、と溜息《ためいき》を吐《つ》いた。

「下っ端ねえ。こんだけ愁くんを資金源にしといて、よく下っ端なんて言えますね」

乾の科白に、愁も陵も、同時に息を飲んだ。どうして言ってしまうのかと蒼白《そうはく》になる。

資金源――つまり「いとし子」として解呪をしている事実を知っている、という発言だ。そのことを乾に知られてしまったこと自体は露見しているが、乾本人から明言されるとは思わず、陵と乾を交互に見てしまう。

「ちやほやされるならともかく、愁くんが邪険に扱われる理由がわかんないんですけど」

「い、乾さんっ」

「唯一の力を持っているのに、大事にされないなら、ここにいる理由がないでしょ」

もういいですから、と止めても、乾は話すのを止めてくれない。

「愁くんが言うことを聞かないっていうんだったら、自分たちで全部やればいい。祝福を受けた愁くん本人が自分で活動したっていいし、活動するのが駄目だっていうんだったら、普通に金を稼いで生活すればいいだけの話でしょ。祝福を受けた者が無償で慈善活動しなければいけない『義務』なんてないはずですよね」

捲《まく》し立てる乾の言い分に、愁は戸惑った。

そんな風に考えたことは一度もない。子供の頃から、そういうものだと言い含められていたからだ。

引き取って育ててもらい、選ばれたことに感謝をして、与えられた力を使って鳥居家に尽くすようにと。

だから、それが当然だと思っていた。そこに異論を挟む者も、その余地すらなかった。

「それに、『いとし子』のことについて愁くんに口止めをしたようですが、ちょっと調べれば出てくる話ですよ。郷土史料にさえある。それを愁くん本人にさえ秘密にしてる理由はなんですか」

問われて、陵はくすっと笑った。

「部外者の一意見として、その言葉は受け止めましょう」

部外者、に力を込めて、陵が答えではない文言を返す。

「それで？　だから愁を解放しろとでも言いたいんですか？　そんなこと、愁が言いましたか？　望んでいますか？」

二人の視線が、同時にこちらへ向く。

愁のために乾が言葉を尽くしてくれた。ならば、なにか返さなければと思うのに、今まで思いもしなかった話になんと返していいのかすら、思いつかなかった。

見動きが取れない愁に、陵は勝ち誇ったように「ほら」という。

「この通りなんですよ。すべて、本人の意思です。当社の事情に、嘴を挟まないでもらいましょうか」

けれど、陵の科白に動揺するでもなく、乾は首を竦めた。

「そりゃ言い返せるわけないでしょう。子供の頃からそういう風に刷り込みをされれば、そうなります」

「なんだと？」

「沈黙は肯定とみなすなんて随分と短絡的ですね。しかも叩いて言うことを聞かせて、なにが『本人の意思』？　本気で言ってるならどうかしてますよ」

やっぱり、頬のことを誤摩化せていなかった。

乾の言葉に、陵は一瞬虚を突かれたような顔をしたあと、歯噛みする。それでも乾は怯《ひる》む様子もなく、陵を睨みつけた。

「あなた方が愁くんに……いとし子にしてきたのは、洗脳でしょう。本人の意思なんてのは、洗脳を解いてから言ってもらいたいですね。歴代の『いとし子』だってそうでしょう？　純粋に困ってる人を助けたいって気持ちもゼロではないでしょうけど、金か名誉か、結局は自分たちの私利私欲のために――」

「――お前になにがわかる！」

煽り立てる乾に、たまりかねたように陵が叫んだ。その剣幕に、愁だけではなく、乾も驚いたように口を噤む。

長年一緒にいて、怒鳴ることはあっても、彼がそれほどまでに声を荒らげるのを初めて聞いた気がした。

「お前に、なにがわかる。お前なんかに、なにがわかる！　なにも知らないくせに、俺が今までどんな気持ちで――」

頭に血が上ったように捲し立て、不意に陵は黙り込んだ。小さく息を吐き、摑んだままだった愁の腕を引き寄せる。

「……あなたの言い分はわかりました。が、妄想で愁を唆《そそのか》すのはやめていただきましょうか」

「唆してなんていませんよ。事実を言って、選択肢を提示しただけです」

しれっとした態度の乾に、陵の苛立った様子が伝わる。

「当社に対し、謂れのない言いがかりをつけられるのは迷惑です。お引き取りください。もしこれ以上、当社と神職への迷惑行為が認められた場合は、取材等NGとさせていただきますし、動画や著作物などで当社を侮辱するようなことを発信された場合は、法的措置を取らせていただきますので」

一方的に言い放ち、陵は愁の腕を強引に引いて社殿へと戻っていく。乾は鳥居の下で、じっとこちらを見ていた。

ごめんなさい、と心の中で謝って、引きずられるように陵のあとを追うしかなかった。

庭を通り、門閾《もんいき》に躓《つまず》きそうになりながら宿坊の建物まで行くと、草履も満足に脱がせてもらえないまま玄関先に突き飛ばされる。

早歩きでここまで来たせいで、二人とも軽く息が切れていた。

「っ、陵さん……」

陵がゆっくりと近づいてくる。愁に向かって手が伸ばされ、反射的に目を瞑った。だが、なにも起こらない。

びくびくしながら身構えていた愁の頰に、なにかが触れた。びくっと首を竦め、そっと目を開く。陵が、先程叩いた箇所に触れていた。

意味がわからず硬直していると、愁の顔を見下ろしていたその顔がまるで泣きそうに歪む。

初めて見る陵の頼りない表情に、愁は戸惑った。

「陵さん……?」

「……お前も、そう思って——」

彼がなにを言ったのか、不明瞭《ふめいりよう》で聞き取れない。

「……俺は、ただ……」

「……え?」

陵は口を噤み、手を離した。

そしてすぐにいつも通りの表情に戻ると、「明日の朝また来る」と言って、宿坊を出て行ってしまう。

閂《かんぬき》のかかる音に一瞬腰を浮かせたが、すぐに座りなおした。外に出られなくても、別に今更困ることもない。

「……あ、荷物……」

携帯電話ごと、更衣室に置きっぱなしであることを思い出す。

独房というわけではないので、宿坊は縁側から外に出ることは可能だけれど、社務所のほうがもう完全に戸締りされているだろう。

――乾さん……どうしてあんなこと言ったんだろう……。

まるで、わざと陵を挑発しているかのような、好戦的な態度だった。大学の研究で取材に来ているという話だったが、陵を怒らせたらこれ以上の取材を断られるかもしれないのに、大丈夫だったのだろうか。

もう呪いの影響はないはずだけれど、夜道は暗いし無事に帰れただろうかと心配になりながら、愁は脱力するように玄関の廊下に身を横たえた。

どれくらいの期間、宿坊に軟禁されるだろうかと覚悟していたが、翌朝宣言通りに陵が迎えに来てそのまま通常通りのお勤めをすると、いつも通りに夕拝の時間を迎えた。

その後、陵は宿坊に戻れともなんとも言わずにいなくなってしまう。なんだか様子がおかしかったが、声をかけても無視されてしまった。

今日はこのまま自宅マンションに帰ってもいいのだろうか、と迷ったものの、宮司である伯父にも特に咎められなかったので、恐る恐る神社を出る。

もしかしたら乾がいるかもしれない、と淡い期待を抱いたが、いつも待っていた参道に彼の姿はなく、苦笑しつつも落胆した。自宅マンションも真っ暗で、当然ながら、中も無人だ。乾に合い鍵を渡していたわけではないので、当然だ。

「……連絡もなし、か」

丸一日以上放置されていた携帯電話は充電が切れていて、電源も落ちている。少しだけ充電をして電源を入れてみたが、乾からの連絡はないようだった。

自分から『お騒がせしました、今日帰宅しました』と送ってみたものの、既読のフラグは立たない。少し前まではすぐに既読となって返事が来たが。

――……乾さんだって、すぐにスマホ見られないときだってあるよね。

少々残念に思いながらも、そのときは大して気にも留めなかった。

だが翌朝になっても、更にその次の日になっても、乾が愁のメッセージを読んだ形跡はなかった。

それから一週間ほど、乾からはなんの連絡もなかった。そして、帰宅した愁を陵が咎めることもなかった。

三日連続で愁のほうからメッセージを送ってみたが、相変わらず既読になることはない。

——流石に、おかしくないかな……？

乾が、何日も携帯電話をチェックしないことなど、ありえない。仕事とプライベートの携帯電話を分けていないと言っていた。

夕拝の後、更衣室に置いていたバッグから携帯電話を取り出し、以前教えてもらっていた彼のSNSをチェックする。

——SNSの更新もない……。

一週間前、愁と別れた直後から更新が止まっている。

愁の連絡だけを無視しているわけではない、という事実にはほっとしたが、一週間誰とも遣り取りをした形跡がないということのほうが大きな問題だ。

彼は毎日なにかしら更新はするタイプのようで、SNSには見慣れた黒沢神社の画像や、この周辺のお店の画像などが並んでいる。

そして、マメに更新をするタイプである乾の更新が途絶えているため、心配の声を上げている人々が散見された。彼の友人や、彼のSNSを見ている人たちが、音沙汰《おとさた》のない彼を心配して声を上げ始めていた。

——僕だけじゃないんだ。

そのことにほっとしかけ、よりまずい状況だと気づいて自己嫌悪し、焦る。

誰か直接連絡取れたりする人いないの？　という文言を目にして、はっとした。

以前もらった名刺を確認してみたものの、書いてあるのは大学名と研究室の番号、SNSやメールアドレスなどだけだ。思い切って研究室に電話をかけてみたが繋がらなかった。総合案内にかけてよいものかわからず、途方に暮れる。

考えてみれば、乾は愁の自宅や勤務先を知っているが、愁は乾について名刺に書いてある以上のことをよく知らない。

今更そんなことに気づいて愕然《がくぜん》とする。あれほど心を砕いてもらったくせに、自分にとって初めて大切だと感じる人だなんて思っていたくせに、相手についてはなにも考えていない。

——自分のことだけに精一杯だったなんて、恥ずかしい。

他者と深く関わる機会をさほど持てないまま大人になったせいだろうか、無関心なつもりがないのに、好ましく思った相手のことすら知ろうともせずわからないなんて。

乾本人だって、愁が興味を示していない様子だったことに気づいていただろう。

鬱々とした気分を振り払うように、頭を振った。

――自己嫌悪するより、乾さんとどうやったら連絡を取れるかって考えないと。

とは思うものの、彼の交友関係もまったくわからない。

早速手詰まりとなり、ロッカーの前で携帯電話を握ったまま固まる。木札の音が背後で聞こえた。

「シュマは……わかるはずないよね」

反応すら期待できないというのに、無意味に質問をしてしまう。当然返事をするわけがないシュマを振り返ると、その向こう側に陵が立っていてぎくりとした。

顔を顰める陵にはっとして、慌てて頭を下げる。

「あの、お疲れ様です」

消え入りそうな声でそう挨拶するが、陵はなにも言わず、ただこちらへ一瞥《いちべつ》を投げただけだった。

結局、宿坊に閉じ込められたのは一日だけで、許可も取らずに帰宅した愁に対しても陵は特になにを言うでもない。彼がなにも言わないので、愁も余計なことは言わなかった。

陵は無言のまま愁の横を通り抜け、自分のロッカーの前に立つ。

機嫌を損ねないうちに退散しようと、愁はバッグを手に取った。

――シュマ？

だがシュマは、じりじりと陵に歩み寄り、まるで匂いを嗅ぐように頭部と思わしき部分を近づけていた。カラカラと、陵の周囲でやかましく木札が鳴る。

飼い犬が粗相をした飼い主というのはこういう気持ちなのか、息を飲み、心の中で慌ててシュマを呼んだ。

——シュマ！　なにしてるの!?　こっちおいで！

だがもともと愁の言うことを聞くわけでもないシュマは、陵の傍らで頭を擡《もた》げている。幸いにも、陵は気にしていない様子だ。

内心激しく動揺しながら急いで更衣室を出る。シュマとはあまり距離を取ることができない。一定以上の距離を離れると、シュマのほうが愁に引っ張られるのだ。それを利用して、陵から引き離す作戦だ。

愁が急ぎ足で鳥居のほうへ向かうと、予想通りシュマが背後にくっついてきていた。

——シュマ、一応陵さんからは見えてるんだから、あまり近づかないで。

恨みがましくお小言を胸中で言うも、シュマは応えない。やれやれと息を吐いたのと同時に、携帯電話が鳴った。

あまり聞き馴染《なじ》みのないメロディだったが、メッセージアプリの通話機能を使った着信音だと気づく。その画面には、「乾」の字が表示されていた。

「は、はい！　もしもし、愁です」

一週間ぶりの乾からの連絡に、慌てて電話を取る。

『——久し振り、愁くん。元気にしてた？』

以前と変わらない声音に、全身から力が抜けるような思いだった。震える手で携帯電話を握りなおし、「はい」と返す。

『もしかしたらまだ監禁されてるかもって気になってたんだ』

別れ際、陵に「宿坊から出さない」と宣言されていたのを見ていたから、その心配も当然だろう。

電話なのだから相手に見えていないというのに、愁は頭を振っていた。それから「いえ、大丈夫です。ちゃんと帰っています」と言葉にした。

『よかった』

「……そんなことよりも、乾さんこそどこに行ってたんですか⁉」

乾のほうこそ、ネット上で一週間も行方知れずとなっていたため「監禁説」「死亡説」が囁《ささや》かれ始めているようだった。冗談の意味合いが強いのだろうが、愁は心配でやきもきしていたのだ。

ああ、と電話の向こうの乾が苦笑する。

『ごめんね、心配かけて。実は、あの後すぐに入院してさ』

思いもよらないようなそうでもないような話に、それでも驚いて「え！」と声を上げてしまう。

『あの日、自宅の最寄《もより》駅前で思いっきり車にはねられて』

「ええ!?」

『スマホもパソコンもそのときにぶっこわれちゃって、なかなか連絡とれなかったんだよ』

最近になって愁に解呪されたとはいえ子供の頃から不運慣れしているせいか、あまりにあっけらかんと乾が話す。

「だ、大丈夫なんですか?」

『今は大丈夫! 心配いらないよ、今日退院なんだ』

今は、という言葉がとてつもなく不穏だ。

だが、もう退院するというのなら、それほど大事ではないのだろう、ほっと胸を撫でおろした。

「あの……もし大丈夫そうでしたら、うちに来ませんか?」

少しでも会いたい。そう思って申し出たものの、一瞬、間があった。

退院したばかりの人に図々しいことを言ってしまったと、青ざめる。やっぱりいいですというより早く、乾が「ぜひ」と言ってくれた。

「えっと、じゃあ今から帰るところなので、マンションのほうへ行ってもらえませんか?」

『了解。じゃあ、またあとでね。気を付けてきてね』

それはこちらの科白です、と思いながらもはいと応えて電話を切る。

シュマに行こうと声をかけて、急いで自宅マンションへと向かった。


「おーい、愁くん！」

マンションのエントランスには乾が立っていて、こちらに向かって手を振っているのが遠目に見えた。一週間も入院していたという話だったが、見た目はとても元気そうだ。

それ自体はよかったのだが、彼の姿を見て愁は思わず走り寄ろうとしていた足を止めてしまった。

――どうして？

乾を覆うのは、前に彼が背負っていたものよりもずっと大きな黒い靄《もや》だった。暗雲が彼の上半身を包み込んでおり、乾の表情は殆ど見えない。辛うじて、口元が見える程度だ。

躊躇《ちゅうちょ》した愁の様子を見て、乾の口が笑う。

「……やっぱり、なんか新しい呪いついてる？」

「見えるんですか⁉」

反射的に問い返した愁に、乾は首を横に振った。

「いや、実は全然。でも、愁くんの反応を見て確信に変わったというか。シュマが見えるようになって俺、霊能力そなわったのでは⁉　ってわくわくしてたのに全然見えないから勘違いかなと思ってたんだけど」

能天気な乾に呆気《あっけ》にとられつつ、一体どうしてそんなものが、と狼狽する。そんな愁を後目《しりめ》に、乾はのんびりと「お疲れ様」と挨拶をしてきた。

お疲れ様です、とつられて返しつつ、愁も彼の方へと近づく。あまりに大きいので躊躇《ためら》ってしまったが、当然ながらこちらへ呪いが波及することはない。

「お疲れ様。久し振りだね、連絡とれなくてごめんね」

どす黒い呪いをかぶっているとは思えないほど朗らかに、乾が話しかけてくる。

近くへ行っても、彼の目元はよく見えなかった。愁もあまり見たことはないが、死期の近い人が、こんな呪いを背負っているときがある。

「いえ、全然です……」

「多分連絡くれてたよね。スマホ替えざるをえなくなって、それまでに送られてきたメッセージが全部見られなくなっちゃったんだ」

そういうものなのか、と思いながらも、頭を振る。

「乾さんが無事なら、それでよかった……ですけど」

この様子では無事とも言い難い。

「とにかく、立ち話も怖いので、僕の部屋に来てください」

「ああ、うん。お邪魔します」

話もそこそこに、愁は乾の腕を引いた。手を離したら、呪いに飲み込まれて今度こそ命に関わる大怪我をするのでは、という危機感に襲われたからだ。

シュマも愁にぺったりとくっついた状態で、自室へと戻る。

いつものようにダイニングテーブルのほうへと促し、冷蔵庫から麦茶を取り出してグラスに注ぐ。

「あの、一体なにがあったんですか」

いつ、どこで、誰にかけられた呪いなのか。

「んー……俺には『呪い』が見えないから、単純にあのあとの自分の足跡を話すだけになっちゃうんだけど」

愁と陵と別れた後、乾は一旦《いったん》自宅に戻ろうと駅へ向かったという。駅舎の前の横断歩道を渡っていたら、先程聞いた通り、暴走する乗用車に跳ね飛ばされたらしい。

――僕と別れる前後から、駅に行くまでの間に呪いをかけられたっていうことになる。

その際に頭を強く打ち意識不明、携帯電話とパソコンはその事故の際に車に轢《ひ》かれて粉々になってしまったのだそうだ。

「い、意識不明⁉」

「あたりどころが悪くて、生死を彷徨《さまよ》ったんだって」

けろっと話す乾に、愁は唖然《あぜん》とする。意識が全くないので、本人からすれば「いつの間にか気を失っていて、目が覚めたら病院だった」という状況で、大変さは感じなかったという。

——でもそれって、下手をすれば自分が気づかないうちに死んじゃった可能性だってあったってことだよね。

そうならなくてよかった、と思わず涙ぐんだ。対面の乾がそれに気づき、慌てて目元を拭ってくれる。

「で、でも不幸中の幸いなのがね、後遺症もないし、頭を打ったこと以外は特に怪我もないんだよ」

頭に大きなたんこぶができている程度で、あとは打撲と擦り傷で済んだらしい。骨折がないだけすごくラッキーだよと乾が笑う。それは果たしてラッキーと言えるのか。

たんこぶに触らせてもらったが、想像以上に大きくて、乾が死ななくて本当によかったと改めて怖くなった。

——ずっとくっついてたあの呪いと違って、殺意が強い。

今回は本当に、運がよかっただけなのだろう。マンションまで引っ張ってきてよかったと安堵の息を吐く。

「それに、今まで不運な人生だったおかげでスマホとかパソコン壊れたりとか何度もあったから、バックアップは全部とっておいてあるしね。まあ、買いなおしたのはお財布的に痛いけど、それだけかな。運がよかったよ」

「『運がいい』の基準値が低すぎます、乾さん……」

ポジティブにもほどがある、と項垂《うなだ》れる。

こういうことを言われるのにも慣れているのだろう、乾は笑い飛ばした。

「そんなことより、目が覚めたのが一昨日で、それから研究所の教授に連絡してスマホ手に入れたのが今日のお昼だったんだ。遅くなってごめんね」

「そんなの全然いいですよ、ほんとに！」

荷物がすべて駄目になっていたため、連絡を取りやすかったのが恩師だったそうだ。大学の研究所は電話番号が掲載されているし、黒沢神社の取材はその研究所が大本だったのでスムーズに話が通ったという。

「流石俺の恩師というか、『また呪いか！　今度はどんなだ！』って興味津々だったよ」

笑い話として話してくれているのだし、笑わないといけないと思うのに、うまく笑顔が作れなかった。

乾はそんな愁を責めることもなく、優しく頭を撫でてくる。

「……心配させて、ごめんね」

ぶんぶんと頭を振る。

どうしてか泣きそうになってしまい、そんなことないです、と言いたいのに口にできなかったからだ。

乾が優しい声で言う。

「あれから、ひどい目に遭わなかった？　……俺が余計なことを言ったせいで、もしかしたらもっと辛い思いをしてるかもって、帰り道に気になってたんだ」

問いかけに、首を横に振る。

泣きそうなのを必死にこらえながら「全然なんともありませんでした」と返した。

「僕も、暫く宿坊から出してもらえないかと思ったんですけど、一日だけで」

その後も、陵は話しかけてさえ来なかった。普段から、顔を合わせればなにか言われてきたのに、それどころか避けられているような気さえしている。

そんな説明をすると、乾はへえ、と意外そうな反応を示した。

「……まあ、彼には彼なりのなにかがあったってことなのかな」

普段は懲罰房のような意味合いもある場所だ。それにしても早く出してもらえたが、陵の考えることは愁にはわからない。

「それはまず横に置いておくとして、俺ね、目が覚めたらまずしないとって思ったことがあって」

「携帯電話とパソコンですよね」

彼の仕事にとって絶対に必要なものだ。愁のように交友関係が殆どゼロの人間にはピンとこないが、現代人の多くが必要としているものだろう。

けれど、乾は「ううん」と首を振った。ゆっくりと椅子から立ち上がり、愁の方へと回ってくる。それから、床にしゃがみこんで愁の手を握った。

その瞬間、愁の顔にさえかかっていた呪いの靄が、ほんの少し薄まった気がする。完全に見えていなかった乾の表情が、うっすらと見えた。

「愁くん」

大きくてあたたかい掌に、ほっと息を吐く。触れた肌の心地よさからだけではない、改めて、彼が生きているのだという実感が湧いたからだ。

「愁くんが、好きだよ」

見上げるように愁と視線を合わせながら、乾が言う。

「え……」

思わぬ科白に、言葉が出てこない。優しい声音の告白に、胸が締め付けられる。ぎゅっと、痛いほどではないが力強く、乾が握る手に力を籠《こ》めて頷いた。

「……愁くんのことが、好きだ。恋愛感情として、愁くんのことが好きです」

「乾さん」

真剣な声音で告白を重ねたあと、乾は大きく息を吐いた。そして、いつものような優しい表情を浮かべているのだろう、口元が笑っている。

「もう俺の気持ちなんてわかってたと思うけど、それでも愁くんに『好きだ』ってはっきり伝えなかったこと、死ぬほど後悔した。……生きててよかった、って思った」

「乾さん」

乾はそのとき初めて、恋愛対象が同性なのだと教えてくれた。女の呪いを背負っていた際、やけにはっきりと心当たりがないと断言していたのはその事実が理由だったという。

「愁くんを困らせたくないし、焦らせたくなかった。焦ってほしくないし、気を遣って頷いてほしくなかったから」

乾のその気遣いは痛いほどわかっていた。

告白も同然の言葉をもらったり、抱きしめられたりしていたのに、自分だって彼を特別大切に思っていたのに、この関係性や気持ちを確かめずにいたのは男同士だからということではなく、変わることが怖かったからだ。

友達すら満足にいなかったのに、特殊な環境で育った自分が、生まれて初めて大切に思えた乾にそこまで近づいていいのか、わからなくて怖かった。

そしてもし、今より前に告白をされていたら、なにも自覚しないまま「断れないから」受け入れていたかもしれない。

待ってくれている乾を、愁はもっと好きになっていた。

「目が覚めてすぐに、一番最初に、愁くんに伝えたいと思っ――」

気が付いたら、愁は乾に抱き着いていた。

少々驚いた様子だったが、乾は難なく愁を抱きとめてくれる。彼の心臓の音が伝わって、また、嬉しくなった。

愁くん、と耳元で呼んだ声は、微かに動揺の色がうかがえる。乾にしがみつくように、抱き着いた。

「――好きです。僕も」

はっきりと大声で伝えたかったのに、震える声で告げるのが精一杯だった。抱き返してくれていた腕が、微かに強張る。確かめるように、乾の腕の力が強くなる。

「本当に？　愁くん」

こくりと頷き、愁は顔を上げた。

「僕と、恋人になってください」

見つめる乾の顔が、はっきりと見えた。あれほど濃かった乾を包む黒い靄が、今はない。

乾が破顔し、愁を抱きしめたまま立ち上がる。

「わ……っ、わっ」

ぐんと目線が高くなり、怖くなって乾に縋る。けれど乾は満面の笑みで、まるで子供を抱っこするように軽々と愁を抱き上げた。

「愁くん、キスしていい？」

「えっ」

真っ赤になって返事に窮していると、乾が目を細める。

「したい」

問いかけでなく要求に言い方を変えた乾に、愁は思わず頷いてしまった。

乾はにこっと笑うとリビングのほうに向かって歩き、ソファに愁を優しく下ろす。愁の頬を両手で覆うように触れて、優しく唇を寄せてきた。

「ん……っ」

少し硬い唇が、愁の唇に触れてくる。自分の鼓動の音が耳に届くくらいうるさい。

角度を変えながら重なる唇に、愁は身動きひとつとれなかった。ついばむように触れてくるキスを、引き結んだ震える唇で必死に受け止める。

乾の唇がやがて名残惜し気に離れて行った。いつの間にかきつく閉じていた瞼《まぶた》を開くと、乾に項《うなじ》を撫でられる。

「……っ」

息を止めていたわけではないはずなのに、頭に酸素がいきわたっていない気がした。まるで酸欠になったように、頭がぽわぽわする。

乾がこつんと額と額をぶつけてきた。ぼんやりしている愁に、乾が目を細める。

「……やっぱり、今回の件が不幸とは思わないなぁ」

乾の科白の意味がわからず、「え」と声にする。

「このきっかけがなければ、きっと愁くんに好きって言ってもらえなかったし、キスもさせてもらえなかったから」

言葉の意味を咀嚼《そしゃく》し、理解した瞬間、頬が今まで以上に熱くなった気がした。

そんな愁の顔を見て、乾がくすりと笑って身を離す。

「可愛い」

「……揶揄《からか》わないでください」

つい文句を言ったら、いやいや、と乾が笑いながら首を振る。

「揶揄ってなんてないよ。愁くんが可愛くて」

と、言いながら、乾は愁の顔を見てふっと吹き出した。

「やっぱり揶揄ってるじゃないですか……！」

涙目になって責め、ふいっと顔を逸《そ》らしたら「そんなことないよー」と今度は少々焦ったように言い訳してくる。拗《す》ねれば全力で構ってくれる乾に、心地よくなっている自分に気づいてしまった。

「愁くん？　どうしたの？　怒った？」

そんな自分に驚いていたら、不安げに顔を覗《のぞ》き込まれる。キスの感触を思い出してしまい、慌ててソファの上を逃げて距離を取ったら乾がしょんぼりとしていた。誤解を与えてはならないと、慌てて言い訳する。

「いえ、なんだか、乾さんにわがまま言っちゃってるって思って」

今まで身近な誰にもそんな態度を取ったことがなかったはずなのに、自分のことなのに思いがけない行動でびっくりしている、というのが本音だ。

人間には「反抗期」というものがあるというのだが、愁には一度も訪れなかった。反抗できる、してもいい相手が、存在しなかったからだ。それを察して、乾が眉尻を下げる。

「そっか。愁くんは、拗ねたりわがままを言ったりできる相手が今までいなかったもんね」

「はい……、あっ」

唐突に手を摑まれて、思わず声を上げる。

「これからは、俺には言っていいからね」

乾は愁の手を引き寄せて、指先にキスをした。気障《きざ》な仕草なのにどうしてか自然で、見とれてしまう。

そして、はっきりと見える彼の顔に目を奪われ——はっとした。

「——ない！」

「え、なにが⁉」

唐突に大声を上げた愁に、乾が目を丸くする。

「あの、呪いがないんです！　さっきまであったはずの呪いが！」

よくよく考えてみれば、乾の顔が鮮明に見えるようになってからそこそこ時間がたっている気がする。

乾は「そうなの？」と首を傾げた。

「そうなんです、マンションのエントランスで見たときは乾さんの顔がはっきり見えないレベルだったのに、今は全然」

その残り香すら感じられないほど、靄は晴れ切っている。

二人同時に、シュマのほうへ顔を向けた。シュマは相変わらず虚空を見つめている。

「……シュマが、食った？」

「いや、そんなはずはないです」

間髪を容れずに否定した愁に、乾も頷く。

「そうだよね。もしシュマが食ったなら、愁くんが無事で済むはずないし」

なにより、シュマは自発的に呪いを食うことはない。今までも、呪いに反応することがあっても、絶対に単独で食事をすることはなかった。

「前もありました。シュマは、『いとし子』が呪いと干渉すると『食う』はずなのに、今みたいに食べなかったときが……」

乾が初めて愁の自宅にやってきたときだ。あのときも、愁が呪いの影響を受けたのにまったく動く気配がなかった。

けれど、意外にもそれは乾が答えをくれる。

「ああ、それは多分『影響を受けた』だけじゃ駄目なんじゃないかな。あくまで、『いとし子が引き受けた呪いを食う』わけだから、第三者の呪いで怪我したとか、そういうんじゃ動いてくれないいんだと思うよ」

「なるほど……」

そうなの？　と心の中で問いかけるけれど、やはりシュマは応えない。

では、無意識に愁が呪いを引き受けたのかと言えばそれも違う。生死の境を彷徨うほどの呪いを受ければ、ダメージを食らわずにはいられない。

なにより、そんなレベルの呪いを無意識で受けたとして、受けた後にさえ気づかないなどということはないのだ。

「じゃあ、どうして」

呪いが勝手に蒸発することなどない、と認識しているが、例外なく絶対とも言い切れない。

正直なところ、愁は子供の頃から解呪をしているが、呪いそのものに詳しいわけではない。目の前にあるものを祓っていただけで、研究者でも専門家でもないから、まったくわからなかった。

うーん、と研究者の乾が腕を組んで首を傾げる。

「神社の人相手に釈迦《しゃか》に説法……この諺《ことわざ》を使うのもなんか変だな、とにかく、ちょっと口幅ったいながらも説明すると、呪いが消える条件っていくつかあってね」

ひとつは、前にも説明してくれていたように、呪いをかけられた対象者が死んだ場合。あとは、呪いをかけた術者が、呪いを解いた場合などである。

「じゃあ、術者が解いたってことですかね」

「あるいは、なにかの条件付けで解ける場合。シンデレラの『0時になったら魔法が解ける』みたいなやつね」

「時限式ってことですか？」

「ううん、時間に限らず。例えば、『王子様のキスで目覚める』とかもそれ」

譬えとして出されたが、もしかしたら本当に、キスをしたから解けたのだろうか。それとも——。

思い返して赤面しつつ、キスをする前には、乾の顔がはっきり見えていたことを思い出した。

乾の頭部を覆っていた靄は、どのタイミングで晴れたのだろうか。

「発動も同じように『条件付け』の場合がある。ほら、俺にずっとついてた先生の呪い。あれも不幸が起きる……というか、不幸な目に遭わされるタイミングは大体決まってたね」

「そうなんですか？　それっていつだったんです？」

食事中や帰り際など、あまり共通する場面がなかったような覚えがある。

乾は一瞬言葉に詰まり、それからぽりぽりと頬を掻きながら口を開いた。

「――愁くんのことが、好きだなあと思ったタイミングかな」

予想外の科白は、一瞬頭に入ってこなかった。

咀嚼し、やっと飲み込み、愁は赤面する。

「……えっ？」

一呼吸遅れて変な声を上げてしまった愁に、乾が苦笑する。

「明確に恋愛として大好きか、ってことでもなくて、愁くんのことを好ましいな、とか可愛いな、とか思ったタイミングで、愁くんにも危険が伴うようなことをしてきたんだと思う。そうすれば、俺が不幸になるからね」

今までもそうだった、と乾がぽつりと呟《つぶや》いた。

恋愛でも友愛でも、誰かを好きになるたびにその相手が不幸な目に遭うのを目の当たりにしたら、悲しいし、自己嫌悪に陥るだろう。呪いが見えないから、当初は偶然で片付けられていても、あまりに頻繁ではそうもいかなくなる。

乾が悲しい思いをしてきたこと、そして乾の過去の恋愛に、胸が苦しくなった。

一方で、可愛いなんて思われるタイミングあったっけ？　とひとりで照れてしまう。

二人で顔を見合わせ、互いに赤面したタイミングで、携帯電話が鳴った。――宮司である伯父からである。

「また、解呪？」

「……そうだと思います」

それ以外で、彼らが愁に電話をかけてくることなんてない。携帯電話を手に取ると、乾が「あのね」と口を開く。

「あのときは従兄の禰宜さんを煽る感じになったけど、本当のことだからね。愁くんには、選ぶ権利も拒む権利もあるよ」

「……そう、ですね」

己の扱いについて、思うところはある。ようやく、そういう気持ちになれた。

けれど、困っている人を助けられるのが自分だけならば、できる限り助けてあげたいというのも、本当の気持ちだ。そこに信じられないほど多額の金銭の授受があることだけはいただけないが。

「とりあえずは、今できることはしたいと思っています」

「うん、そうだね」

愁の気持ちを否定しない乾にほっとしながら、電話を取った。

『愁、今どこにいる⁉』

開口一番、切羽詰まった口調の伯父を怪訝に思う。普段はどれほど急ぎの仕事であっても、こんなに焦った様子を伯父が見せたことはない。

『すぐに来てくれ、陵が大変なんだ！』

とにかく早く、と急《せ》かしながらも電話は切れた。一体なにが起こっているのかと唖然としていたら、乾が「どうしたの」と心配そうに訊いてくる。

「とにかく、黒沢神社に行かないといけないです。えっと、乾さんは——」

ここで愁の帰りを待つか、それとも帰宅するか。そう訊こうとしたが、乾は「俺も行くよ」と言った。

「中まで入れるかどうかはわかんないけど、外で待ってるよ」

「でも」

「それより、急ぎなんだろ？　早く行こう」

確かに、今はそれよりも陵のもとへ行くことが先決なような気がした。

神社まで行くと、宮司である伯父が鳥居の下に立って待っていた。背後に控えていた乾を見て一瞬眉を顰めたが、それどころではないらしい。

「——愁！　こっちだ！」

咎めることもなく、とにかく早く、と急かされて伯父が先導するほうへと向かって走る。

いつも、解呪の場合は幣殿で行われるのだが、そちらのほうではなく社殿を逸《そ》れた場所——宿坊のほうへと向かっていた。

「なにがあったんですか」

「それが、俺にもよくわからないんだ」

伯父はいつものように、夕拝の後に境内の見回りや戸締まりをしていたらしい。そのときに、社務所のほうから陵の悲鳴が聞こえたそうだ。当時、陵は社務所内で明日の仕事の準備をしていたという。

境内ではやたら風が強く、シュマの木札がずっとカラカラと鳴っていた。

「電話をする、ほんの数分前なんだ。悲鳴が聞こえたと思ったら、陵が社務所から出てきて、宿坊のほうへ走っていったんだよ。それで、様子を見ようとしたんだが」

そう言いながら、宿坊のほうへと向かっていくと、伯父が助けを求めた理由がすぐにわかった。

「……どうしたんですか、これは」

宿坊から、黒い靄が吹き出しているのが見えた。乾の頭部を覆っていたものに、動きがよく似ている。

宿坊の門は恐らく開いているのだろうが、そこからは、大量のミミズが箱にぎゅうぎゅうに詰め込まれているかのように、触手のようにも、煙のようにも見える黒いものがざわざわと零れ出ていた。

あまりの禍々しさに、愁も伯父も、思わず足を止めてしまう。

「わからない、気づいたらこうなっていて……」

「ほかの人には、言ったんですか」

「……いや、恐らく、他の禰宜たちにはこれは、見えんだろう」

　愁の解呪の儀式もそうなのだが、基本的には「鳥居の血縁者」にしか呪いの類は実体としては見えていないようである。

　愁も、解呪の儀式で身悶える己の姿を見られたくはない。陵がどのような状況にあるかはわからないが、他の社人たちには見せない方がいいと判断したのだろう。

　──かといって、伯父さんが中に入ることも……難しいのか。

　なまじ見える分、この中には入ることができずにいるようだ。

　試してはみたようなのだが、呪いの瘴気《しょうき》のようなものにあてられて進めなかったという。

「……この中に、禰宜の陵さんがいるの？」

　今まで気配を消すように黙って控えていた乾に、伯父も愁も振り返る。

「乾さんでしたか。申し訳ないが、今は取材どころではないので遠慮していただけますか」

　先程までは惑乱していた伯父も、流石に咎める。だが乾はしれっと黙殺して、「すごい靄ですね」と言った。

「見えてるんですか？」

　思わず問うと、乾は首肯する。伯父も驚いた顔をした。

「うん。……はっきりと愁くんと同じものが見えてるかはわからないけど、なんか火事みたいに黒煙みたいなのが建物から出てるよね」

「ど、どうして君にも見えてるんだ？」

「愁くんに解呪してもらってから、うっすら見えるようになったんです。シュマも」

伯父は、愁のほうへ一瞥を投げる。シュマの名前まで知っているということは、ある程度の内情を愁が話してしまったということに他ならない。

――そのあたりの事情、とっくに、陵さんが話してると思ってた。

身構えたが、伯父は怒らなかった。

そんなことはどうでもいいとばかりに「それよりも、陵のことだ」と言った。

「とにかく、陵の様子を見て、適宜対応するように」

「それって、必要とあればシュマを使って解呪しろってことですか？」

返事をする前にのんびりと割って入った乾に、伯父は流石に憤慨する。

「なんなんだ、さっきから！　部外者は出て行ってくれ！」

「俺は部外者ですけど、部外者なりにわかることもあるんですよ。なんで、愁くん以外に解呪できないのに、そんな上から目線なんすか？」

「い、乾さん」

「そんなくだらない問答を部外者としている場合では――」

「シュマを使えば愁くんがどんな目に遭うか知ってるんですよね？　無体を強いているって自覚ないんですか？　しかも、やたらと高額な玉串料《たまぐしりょう》もとってますよね？」

伯父は大仰に嘆息する。

「別に、隠してもいないことで咎められる謂れはない。違法でもないし、払えないというなら依頼を受けないだけのことだ。――愁、あとは頼んだからな」

怒った足音が遠ざかるのを聞きながら、紛れもなく陵と親子だな、と実感する。

その背中を見送っていた乾が「バックレようぜ」と言った。あまりに軽く言うもので、思わず吹き出してしまう。

「できませんよ、流石にそれは」

「偉そうにして、息子を見捨てられたらどうする気なんだろうな、あのオッサン。優しい愁くんに感謝しろっての」

いやいや、と苦笑する。完全に本気の科白ではないだろう。乾との遣り取りで、少し緊張が薄れた。勿論《もちろん》、呪いの禍々しさは変わっていないのだが。

「……じゃあ、バックレるわけにはいかないので、ちょっと……行ってきます」

言いながら、躊躇が声に現れてしまった。

一歩踏み出そうとした瞬間に、乾が手を握ってくる。え、と視線を上げると、笑顔の乾と目が合った。

「俺と一緒に行こうか」

「でも、なにがあるか……それに、あんなところに一緒に入ってもらうわけには」

「んー、でも俺、多分呪いは見えてるけど、そこまで凶悪な感じには見えてないんだよね」

「見える人」と「見えない人」の中間くらいで、そのせいか恐怖心はほぼない、と乾が自己分析する。

それが本当か嘘かはわからない。単に、怯んだ愁に付き合ってくれているだけの可能性もある。

だが、愁はその気遣いに甘えることにした。

「じゃあ、一緒に入ってもらっていいですか」

「いいよ。行こう」

そう言うなり、乾はずんずんと宿坊に向かって歩いていく。その後に、シュマも続いていた。

お化け屋敷が怖い人とそうでない人の二人連れのように、びくつく愁の腕を乾が引っ張るような格好で、扉を開ける。

「……っ」

ぶわっと呪いが吹き出した。愁は思わず身構えたが、乾は平気そうだ。

やはり、半分くらいしか見えていない、という彼の弁は正しいのかもしれない。愁には真っ暗な闇のようで室内が見えなかったが、乾には中の様子がはっきりと見えるようだった。

「禰宜さんが倒れてる。……見えてる？」

　問われて首を横に振る。

「っ、連れて行ってもらって、いいですか」

　突風を正面から受けているときのように、息もし辛い。乾は了解と応えて、中へ躊躇なく進んでいく。シュマもちゃんとついてきているようで、木札の音が離れることはない。

　本能的な恐怖心に襲われたが、乾と手を繋いでいるせいか、心が必要以上に乱されることはなかった。

　──もし、乾さんがいなかったらどうなってただろう。

　先に進めず、陵が苦しむのを黙って見ているしか、あるいは彼が死んでしまうまで──と縁起でもない考えに至って身震いする。

「──禰宜さん、禰宜さん。大丈夫ですか」

　手を繋いだまま乾がしゃがみこみ、陵と思わしきものの肩を揺する。

　それは、愁から見ると陵ではなく真っ黒な固まりにしか見えなかった。

「うーん……ちょっと応答はできないかもしれない。けど、死んではいないよ」

　しれっと恐ろしいことを言う乾に、頷く。

　取り敢えず、いつもの通りに、シュマの力を借りて解呪を行うしかない。そう思うのに、この期に及んで躊躇している自分がいた。同じ空間に、乾がいるからだ。

「愁くん？」

乾が怪訝そうに顔を覗き込んでくる。

「あの……」

あんな姿を見られたくない。だから、外に出ていてほしい。

そう言いたいのに、言葉にならない。なにも言えずに固まってしまった愁の頭を、乾が撫でてくる。

「言いたいことは言って。出てけっていうなら出てくし、いてくれっていうならここにいるよ」

その言葉に背中を押されるようにして、愁は乾の手を強く握った。

「──お願いです。……僕のこと、なにを見ても、軽蔑《けいべつ》しないでほしいです」

こういう言い方はずるい。

そんな自覚はあったけれど、一番の願いを口に出してしまった。

やっぱり取り消そうかと思ったけれど、乾はすぐに「しないよ」と応えてくれる。

「一緒にいるよ。支えてる。苦しかったら、俺に抱き着いたりぶん殴ったりしていいから」

どんとこい、と鷹揚《おうよう》に笑う乾に、全身の力が抜ける。緊張もわずかに解れた。

小さく深呼吸をし、シュマを呼ぶ。シュマは、まるで応えるように黒い靄の中からぬうっと現れた。

「……じゃあ、始めるよ。シュマ」


「……、くん、愁《しゅう》くん……──」

頬《ほお》を撫《な》でる感触と優しい声に、はっと目が覚めた。

目の前には、心配そうに覗《のぞ》き込んでくる乾《いぬい》の顔がある。視線が合うと、乾の顔が泣きそうに歪《ゆが》んだ。

「……乾、さん」

掠《かす》れた声で、彼の名前を呼ぶ。乾は目を潤ませながら、息を吐いた。

「頑張ったね」

すごいよ、苦しかったね、と声をかけながら、乾が頭を撫でてくれる。その心地よさに再び瞼《まぶた》を閉じそうになり、自分が乾に抱きかかえられていることに気づいた。

「乾さん……」

呪《のろ》いを引き受けた瞬間から、ほぼ記憶がない。そして、乾の顎《あご》のあたりや手の甲に、赤い条が走っていることに気が付いた。

――もしかして、僕。

いつものように悶《もだ》えもがきながら、支えてくれていた乾に怪我《けが》をさせてしまったのかもしれない。彼は病み上がりだというのに。

状況を把握して、真っ青になる。

「ごめんなさい……！」

「いいんだよ。このくらい、なんてことないって」

「そんなはず……」

そんなはずない、という言葉が、こみあげてきた涙で途切れた。首を振れば、乾が「平気平気」と優しい嘘《うそ》をつく。

――……消えてしまいたい。

いつも通り、知らぬ間に衣服ははだけていたが、腰のあたりには乾の上着がかけられていた。きっと、いつものように自分の精液で下肢が汚れてしまっているのだろう。乾にまたしてもあの醜態と痴態を晒《さら》し、見られてしまったという事実が、今更呪いのように伸し掛かってきた。

シュマにとって、「解呪《かいじゅ》」は食事のようなものだ。そこに悪意はない。他意もない。シュマは愁と同じ責務を背負わされただけの存在で、いわば運命共同体のようなもの。だから、シュマに対して敵愾心《てきがいしん》を持ったことも、嫌いになったこともない。

だからこそ、シュマに申し訳なさや後ろめたさがあり、気持ちと裏腹に反応する体が嫌で、愁はずっとそんな自分を嫌悪していた。

唇を噛《か》みしめたら、乾が意外なことを口にする。

「――大体、呪いで常に生傷どころか大怪我が絶えなかったんだよ。好きな子の爪痕《つめあと》くらいなんてことないってば」

好きな子、と明言されて息を飲む。

醜態を晒したら、あまりのみっともなさや汚らわしさに嫌われると思っていた。それが怖かった。

けれど乾は、愁を「好きな子」だと言ってくれる。自分の願望もあるかもしれないが、そこに嘘があるようには聞こえなかった。

「ほら、泣かないで。……お疲れ様」

両腕にぎゅっと抱きしめられて、涙が零《こぼ》れる。

「……ごめんなさい、ありがとうございます……」

よしよし、と言いながら赤ん坊にするように体をゆらゆらと揺らし、軽く背中を叩《たた》いてくれる。

「――で、あんたはなにか言うことないの」

先程までの柔らかな声音が嘘のような冷たさで、乾が口を開く。

一体誰のことだろうとびくっとして、乾の胸に埋めていた顔を上げた。

少し離れた場所に、陵《りょう》が佇《たたず》んでいる。仕事中の袴《はかま》姿ではなく、シャツにチノパンという普段着だ。先程は黒い靄《もや》に包まれていてなにも見えなかった。

「あんたのために大変な目に遭った愁くんに、言うことはないのかよ」

再びの問いに、陵は唇を噛んだ。

前にも言った通り、そして伯父も同様に、特に思うことはないはずだ。それが、鳥居《とりい》家というものなのだから。

気にしてないし、別にいいんです、と執り成そうとした愁より先に、陵が膝《ひざ》をついた。

一瞬、具合が悪くて倒れたのかと思ったが、そうではない。陵は、乾と愁に向かって深く頭を下げた。

「……申し訳なかった」

「りょ、陵さん？」

乾にも迷惑をかけてしまったから、乾に対して謝っているのだろうかと思ったがそうではない。陵は「今まで、本当にごめん」と口にした。

「……助けないでごめん。……それなのに、助けてくれて……」

陵は、額を床にこすりつけたまま顔を上げなかった。

あまりのことに呆然《ぼうぜん》として、焦って乾のほうを見る。乾は侮蔑とまでは言わないが冷たい目をして、息を吐いた。フォローをしてくれるつもりはないようで、彼もまた黙っている。

戸惑いながらも、愁は「気にしないでください」と言った。

「陵さんのせいじゃないです。こんな風になっちゃって、陵さんだって被害者で……」

呪いを受けるのなんて、対象者が悪いばかりでもない。陵は神職だし、個人的な恨みを買うとしたら逆恨みだろう。

たどたどしく擁護するも、陵はそれでも顔を上げない。

困って再び乾を見る。彼は大きく溜息《ためいき》を吐《つ》いた。

「禰宜《ねぎ》さんから言えば。――自分は被害者じゃないって」

「え」

予想外の言葉に瞠目《どうもく》する。

水を向けた乾に、陵は一瞬顔を上げかけたが、再び俯《うつむ》いた。

「この人、俺に呪いかけたんだって」

「……えっ？」

乾が帰り道に交通事故に遭い、生死を彷徨《さまよ》ったあの呪いの術者が、陵だというのだろうか。

思わず彼に目を向けたが、頭を下げた姿勢のまま動かない。愁は再び乾を見る。

「え……っ？　な、なんでですか？　なんで、陵さんが乾さんに呪いをかける必要があるんですか？」

陵が乾に矛先を向けることの意味が全然わからない。

まったく繋《つな》がりが見つけられなくて、信じられなかった。けれど、乾も陵も、否定してくれない。

「本当、なんですか……？」

重ねた問いに、頭を下げたままの陵の肩がぎくりと強張《こわば》る。その様子に、本当なんだ、と愕《がく》然《ぜん》とした。

――神職なのに、その力を利用したの？

陵は、跡取りとして小さな頃から勉強も修行も熱心に取り組んでいた。他の神社への出仕もし、きちんと責務を果たして、禰宜という地位についている。その陵が、まさか。

「……といっても、殆《ほとん》ど無意識だったたってことらしい。まあ一旦《いったん》その言い訳を信じるとすると、作為的に呪いをかけたわけじゃなくて、俺に前についてた呪いと一緒で術者本人が無意識にかけちゃった、っていうやつね」

愁が気を失っている間に、乾は陵とある程度話をしていたらしい。

陵は一言も口を挟まなかった。否定すらしない、ということは、乾の説明が概《おおむ》ね間違っていないということなのだろう。それでもまだ信じられなくて、愁は陵を凝視した。だが、一向に顔を上げてくれない。

「こっからは俺の推測だけど、この人は『とある悪意』を俺に強く抱いたわけだね。それには、愁くんが少なからず絡んでいる。っていっても、愁くんが悪いわけじゃない」

不安になる前に、乾が愁の関与を否定してくれる。
だが「とある悪意」とはなんだろうか。陵はやはりなにも言わなかった。

「だけど、その『とある悪意』から作用してしまった呪いが、『とある出来事』で術者に跳ね返された。人を呪わば穴二つ……っていうのは、人を呪うと自分も同等の呪いを受けるっていう話のことだけど、だから呪いが術者に返るときは二倍になるっていう理屈」

つまり、解呪したばかりのあの呪いは、所謂《いわゆる》「呪い返し」というやつだ。だから、あんなにも禍々しく強大だった。

「なる、ほど」

合点がいく一方で、当然の疑問も湧く。

「あの……『とある悪意』って、なんですか？」

愁が問うと、またしても二人は黙り込む。

乾は陵に胡乱《うろん》な目を向け、「教えてあげれば」と促した。陵はゆっくりと顔を上げた。憔悴《しょうすい》した様子の陵が愁に目を向ける。なにかを言おうと口を開き、逡巡《しゅんじゅん》のあとに閉じる。

それから掻《か》き消えそうな声で「……言えない」と言った。

「言えないって、そんな」

それはあまりに無責任じゃないのだろうか。けれど被害者である乾はその「とある悪意」がわかっていそうな雰囲気だ。ならば自分が責める道理もないのかもしれない。

飲み込みにくい状況に、乾が口を挟んだ。

「愁くんは、なんだと思う?」

「え?　……えっと」

陵と乾は、先日少し険悪な空気にはなったものの言うほど接点があるわけではない。取材対応をしてはいたが、特に表向きのトラブルがあったようには思えなかった。

「陵さんが秘匿したかった『いとし子』のことを、乾さんが深く探ろうとしたから……とかですか?」

自分の知っている範囲での情報を繋ぎ合わせて出たのはそんな予想だった。

陵は答えず、乾はそんな彼をじっと見ている。短い沈黙の後、乾は腕の中の愁を抱きなおし、小さく息を吐いた。

「……まあ、そういうことで間違いじゃないし、正解ってことでいいんじゃないの?」

乾の科白《せりふ》は回答した愁ではなく、陵に向けられたものだった。陵はどこか安堵《あんど》したような、気まずげな表情で頷《うなず》いた。

なんだかすっきりしないのは、それだけであれほど強大な呪いをかけたというのが少々しっくりこないからだ。

だが、そういうオチがついた以上、追及は憚《はばか》られる。

「……で、もう一回訊《き》くけど、他になにか言うことはないの?」

陵の肩が、微かに強張った。

「あんたさ、知ってたんでしょ。『解呪』がどういうものか。……ずっと、見てたんだろ？　あんたの自業自得の呪いのせいで、苦しみながら解呪してくれた愁くんに、なにか言うことねえのかよ。愁くんをあんな目で見て、言うことあるんじゃないの」

陵がどのタイミングで「解呪」の全貌《ぜんぼう》を知ったのかは愁は知らないが、なにも知らないということはない。

まだ解呪を初めて間もない頃も、今までも、目が覚めたら一人きりではないことのほうが多かった。陵が来てくれることが、ほとんどだった。

それに、愁はいつもほっとしていた。感謝していた。

無意識に「でも」と口にした愁に、乾と陵の目が向けられる。

「……でも、陵さんには感謝してます。それに、仕方ないと思うんです。代われるものなら代わってほしいって思ったことも正直ありますけど……でも、そんなに簡単にどうにかできることじゃないんですよね」

以前に乾が言っていたように、一代の宮司に何人も「いとし子」の名前が併記されていたことはあった。年代がかぶっている者はいない。恐らく「シュマ」だけが唯一無二であり、それこそ愁が死にでもしない限り、次の「いとし子」は立てられないのだろう。

「愁くん、そんなこと言ってやらなくていいんだよ。こいつは――」

「だって、本当だったら放っておかれてもしょうがないと思うんです。無視することだってできたはずだと思います。でも、陵さんは……解呪のあとも外で待っててくれたり、汚れた僕の体を清拭《せいしき》したりしてくれてたんです。ずっと、感謝してました」

愁が言うと、乾は顔を顰《しか》めた。陵は、気まずげに俯く。

「だけど、こいつが愁くんをどういう目で見ていたか」

「軽蔑の目を向けられてもいいんです。救われたのは本当ですから」

窮地から救い出してくれたわけではない。だが、捨て置かれずにいられただけで、確かに自分は救われていた。目が覚めたときに陵が建物の外で待っててくれていて、何度安堵したか知れない。独りじゃないんだと思えた。

多少執り成したつもりだったが、乾は何故か渋い顔をしており、陵も項垂れたまま動いていなかった。

「軽蔑の目、ね……あんたさ、愁くんが純粋でよかったな」

乾がそんな科白を言うので、苦笑しながら否定する。

「純粋じゃありませんよ。本当に純粋なら、どんな目に遭っても不満に思ったり、誰かに代わってほしいなんて思ったりしないでしょう？」

「いや、そっちじゃなくてね……。まあ、武士の情けで黙っておいてやるけどさ」

「武士の情けって」

小さく笑った愁の頭を、乾は撫でてくれる。子供扱いのようでもあり、大事に扱われているようでもあって面映《おもは》ゆい。

愁の頬を指で優しく撫でながら、乾は特大の溜息を吐いた。

「……どうにかする手立てはある」

ぽつりと呟《つぶや》いたのは、陵だった。

「なんの話？」

「『いとし子』をやめる方法は、ないことはない。はずだ」

愁と乾は思わず顔を見合わせた。明言というには曖昧《あいまい》な言葉選びだったが、やめる方法が一応はある、ということだ。

愁は当然初耳だったし、考えたこともなかったが、乾のほうがより驚いていた。

「黒沢《くろさわ》神社の書庫……というか、文庫の資料もすべて閲覧させてもらったけど、そんなことどこかに書いてあったか？　それとも、口伝とか秘伝とかそういうことだから文章で残してない？」

乾が前のめりに問い詰める。陵は小さく息を吐いた。

「いや。……そもそも、一般人に見せないものだってある」

陵の言葉に乾は瞠目し、嘆息する。

「閉架書庫があったのか。……大きな神社だし、あってもおかしくないけど。それならそうと言ってほしかった」

「門外不出で見られないが」

「『門外不出のものがある』という情報があると、『公開されている情報では知りようもない事実がある』っていう余白の予想ができるんだよ」

乾は、もはや研究者の顔つきになっていた。もともとはそのために黒沢神社に通いつめていたわけだから当然といえば当然だ。

取材の際に書庫を見せてもらった、と言っていたし、「いとし子」や黒沢神社が長い間行ってきた「厄除《よ》け」、「追儺《ついな》」の資料はくまなく見ていたようだった。そもそも存在自体を知らされていなかった書物の類があるという情報を今更出されて心底悔しそうである。

乾は一呼吸おいて、陵へと冷たい視線を向ける。

「――で、今更その『門外不出』の存在を知らせてくれるってことは、その内容を教えてくれるわけ？」

問いかけられ、陵は不意に愁のほうに一瞥《いちべつ》をくれる。目が合うと、すぐに逸らされた。

「閲覧を許可する。……読めるならな」

本殿の裏にある書庫に、愁が入るのは初めてだった。

存在は知っていたが、清掃で割り当てられたこともなく、特に用事もないので近づきもしない場所だ。

そんなことをぽろりと漏らすと、乾の眉間《みけん》に深い皺《しわ》が刻まれる。特に興味がなかったから、と理由を言ったが、乾はどうだか、と陵を睨《にら》んだ。

「入ってみたいと申し出ないから駄目だと言われなかっただけで、多分入りたいって言ったら入れてもらえてないと思うよ」

「まさか」

「だって、掃除って境内のどこでもするでしょ」

それどころか、山道や参道の清掃も担当だ。だが、言われてみれば自分が立ち入っていない場所がそれなりにあることに気が付いた。だが、疑問にも思わなかったし興味を持とうともしなかった自分が怖くなってくる。

「つまり、そのあたりだとわざと『いとし子』を遠ざけてたってことだよ」

万が一、いとし子に逃げられたら困るからだ。

そんなことがあるのだろうかと陵を見れば、彼は相変わらず口を噤《つぐ》んでいる。否定しない、ということはある程度事実であるということなのだろうか。

「しかも、愁くんは子供の頃から行動を制限されていて、子供らしいいたずら……例えば言いつけを破って入っちゃいけない場所へ出入りするなんて発想すらない子だったろ」

「……こっちだ」

遮るように素っ気なく促し、陵は書庫の奥にある鍵《かぎ》付きの扉を開ける。書庫自体がそうだが、定期的に掃除は行われているのであろう、こちらの部屋も埃《ほこり》っぽさはない。

陵は書架ではなく、部屋の隅、文机《ふづくえ》の横にあった古びた行李《こうり》を開けた。その中には金属製の小さな箱が納められている。

その中には、ところどころボロボロになっている長い紙や、四つ目綴《と》じの冊子などが納められている。

「わざわざ金櫃《きんひつ》にまで入れるのはすごいな。燻蒸《くんじょう》もしたのかな？　……じゃあ、拝見します」

乾が慎重に手に取って、ページを開く。読めるなら、と陵が言った理由がわかった。古い本なので当然といえば当然だが、中はすべて崩し字で書かれている。

愁には一文字も読めず、思わず「読めるんですか」と訊いてしまった。乾は愁のほうへと顔を向け、勿論と頷く。

「考古学やってれば、この手の文書読めるのは必須だし」

「そうなんですか？」

「いや、ちょっと嘘。読めないやつも普通にいることはいる」

大学に行かなかった愁からすればわかりにくい冗談を言うものである。

「これ、あんたは読んだの」

乾は文書から目を離さずに陵へ問いかける。陵は「いや」と口にした。

「所蔵してあるのは知っているし管理をしているから見たことはあるが、読んだことはない。……だが、書いてあることはある程度把握している」

陵の返事に、乾は顔を上げた。

「へえ。それはなんで」

「……鳥居の、跡継ぎ候補は皆その内容を教わるからだ。だが、実際に読んだわけじゃないから、本当にそれが書いてあるのか、合っているのかは知らない」

乾は小さく鼻で笑い、なるほどね、と頷いた。二人とも、それ以上はなにも言わない。

話に入っていきにくく、少々居心地が悪い。

「結局、なにが書いてあるんですか」

どちらに訊いたわけでもなかったが、乾が陵を一瞥し、それから答える。

「ざっくり言うと『祝福』について。シュマとか、いとし子についてかな。記録だったり、手記だったり」

シュマ、という名前の由来は、恐らく烏枢沙摩明王《うすさまみょうおう》から来ているのではないか、というようなことも書いてあるそうだ。

烏枢沙摩明王というのは、仏教におけるいわゆる「トイレの男神」のことであり、心の浄化やあらゆる不浄を清めることのできる神様である。実際にシュマがその神様ということではなく、それをもとに名前を付けた人がいた、というだけのことのようだ。

「この文書って、誰が書いたんでしょうか」

「さあ……。はっきりと筆者の名前が書いてあるわけじゃないし、筆跡もバラバラ、年代も結構違うみたいだね。とにかく、関連資料をいっしょくたにまとめてるって感じなんじゃないかなあ」

どう？　と乾が水を向けるが、相変わらず陵は応えない。本来門外不出のものだから否定も肯定もしないのかもしれない。

「筆跡が違う……って言われても、なんか全部同じに見えちゃいます」

沈黙に耐えきれなくてそう口を挟むと、乾が声を出して笑った。

くずし字が読めるのはもはや特殊技能な気がしてならない。紙の色やくたびれた感じに違いがあるので、確かに年代が少し離れたものもあるのだろうなと思うけれど、それだけだ。

「愁くん、神社の裏にある山って登ったことある？」

「それは、勿論ありますよ。掃除したりもしますし」

「なるほど。……なるほどねえ」

ふむふむと頷く乾の声が少し弾んでいる気がする。研究者の目になっていた。

ざっと目を通した後、乾が顔を上げた。

「禰宜さん、あんたさっき『ある程度内容は知ってる』って言ったよな。鳥居の血筋で、神社に深く関わる人物は、『いとし子』と『祝福』について大体皆知ってるってことで間違いない？」

「……そうだな」

「なるほど。じゃあ、あんたがたは薄々、或いははっきりと気づきながらも、『呪いをかけた子』を『いとし子』なんて呼んで誤魔化して、一番の当事者本人を欺いて金儲《もう》けしてきたって解釈であってる？」

淡々と発せられた乾の非難に、愁は目を瞬く。

――呪いをかけた子？

「受けた」ではなく、「かけられた」でもない。それではまるで、鳥居家が「いとし子」に呪いをかけたようだ。

ずっと黙っていた陵が、ややあって口を開いた。だが彼が言ったのは否定の言葉ではない。

「……そうだ。『いとし子』というのは、『シュマ』という存在と無理矢理結び合わせた人間のことだ」

「え……？」

はっきりと告げられた肯定に、無意識にシュマのほうを向いていた。シュマはやはり黙って傍にいるだけで、反応は示さない。こちらの話を理解しているのかも、そもそも声が聞こえているかもわからない。

乾の掌《てのひら》が、愁の背中にそっと触れてきた。

『祝福』の儀式を聞いたときにおかしいとは思ってた。血縁でもない、修行を一切していない人間でも、黒沢神社において最重要な『いとし子』に選ばれることができる。その方法も、完全に隷属契約のそれだ」

「隷属契約……」

それは、どちらがどちらに隷属しているのか。疑問は湧いたが、訊いてもしかたのない話だと思い、口にはしなかった。

「……シュマは、元は、神体山の湧き水のあるところに根付いていたもの、らしい」

陵がぽつりと呟く。

その資料にはまだあたっていなかったのか、乾が「なるほど、やっぱり」と言った。やっぱりとは、と首を傾げる前に乾は教えてくれる。

「さっき愁くんに『山に行ったことある』かどうか訊いたけど、質問の意図はそういうことだったんだよね。市の郷土史を読んだときに、戦国時代くらいの頃に黒沢神社の裏山には『神泉』があった、っていう記述があった」

神体山はとてつもなく大きな山というわけではないが、立ち入り禁止の場所も多くある。それは、滑落事故があったりしたことで、出入りができなくなった場所だ。だから、愁は立ち入り禁止区域には入ったことがないので、山に入ったことがあるといっても網羅しているわけではない。

「神泉は水を汲《く》むこともできたし、詣《もう》で……そこへ行けば、無病息災、厄払いの効果があり、突如皮膚病に侵された娘や、手足の麻痺《まひ》した男が快癒した、なんて話も残ってる」

「へえ……」

だがその手の話は神社や寺社であればどこにでもあるものだ。本当の話であれば、まるで解呪のようだとは思う。

彼が何度も神体山に入っていたのは、その「泉」を探していたのだそうだ。

「ところが、江戸から明治にかけて急に神泉の記述がなくなる。これ自体は不自然じゃない。明治に入ってすぐに神仏分離令が発令されて、日本の神社や寺社は今までご神体としていたものをなくしたり、今までとは全く別の神を祀《まつ》ったりし始めるから。だけど」

「――恐らく、鳥居の者が、泉から無理矢理『シュマ』を引き剝《は》がしたんだ。厄を食うのは泉そのものではなく、『シュマ』だと気づいたから。だから、山に泉があるということ自体をなかったことにし、今はアナウンスすらしていない」

乾の科白を引き継ぐように言ったのは、陵だった。彼は文机の前に膝をつき、綴じられていない紙の束をひとつ手に取った。

そこには、シュマが首から下げた木札に焼き付けられていて、愁の背中に彫られている文字のようなものが書かれていた。

「これが、『隷属の呪』だ」

「愁くんの背中にあるこれって、元ネタはなに？　梵字《ぼんじ》じゃないよね？」

「さあな。別に文字自体はでたらめ……というか、オリジナルなんじゃないのか。ようは、シュマといとし子を結び付けるための符号でしかないというか」

人間の都合で、棲み処から無理矢理引き離されて、利用されてきた。

シュマに意識や感情があるかは相変わらずわからないが、それでも数百年も棲み処から引き剝がされて自由を奪われてきたというのはあまりに惨《むご》く、可哀想に思える。

「……つまり、シュマの木札を取れば、シュマは自由になれるってことですか？」

思わずそんな質問をすると、二人は同時に愁を見た。乾が苦笑して、溜息を吐く。

「愁くんも、自由になれるかもしれないんだよ」

つい先程、同じことを言ったような気がしたが、そうですねと答えた。乾はどうしてか、やれやれという顔をする。

「木札を外すなんて、考えたこともなかったです。……シュマとの繋がりが呪いなんて知らなかったし、まして木札が関連してるなんて」

「触ろうとしたことくらいはあるでしょ？　ぬいぐるみの服を脱がしたり、ボトルシップの中身に触れてみたくなったりするみたいに、いたずらしたくなるみたいな」

乾が譬えを出してくれたのに、あまりピンとこなかった。

「触ったことすらないの？ 一度も？」

「はい。……解呪の際にうっかり触ったことはあるかもしれないですけど、普通に暮らしてて触ったことはないです」

「なんで?」

なんで、と言われても困ってしまう。必要がないからだ。

先程例に出た「ぬいぐるみの服を脱がす」、のような恐らく子供らしいのであろう発想に至ったことが、愁にはない。そういうことを許される環境ではなかった。

乾がそういう背景を察したかはわからないが、唇を微《かす》かに引き結び、陵を睨む。

「で? これを愁くんに教えたって言うことは、シュマとの隷属契約を切ってもいいってことでいいんですかね?」

慇懃《いんぎん》な乾の訊き方に陵は微かに眉を顰めたが、頷いた。

「構わない。……どのみち、俺の代にはやめようと思ってた」

「えっ」

意外すぎて声が出てしまい、二人の視線がこちらに向く。

陵はいつものように怒るでもなく、どうしてか辛《つら》そうな表情をして、「嘘じゃない」と言った。

——陵さんは、「いとし子」を大事に考えてるんだと思ってた。

「いとし子の愁」のことではなく、システムそのものをだ。

いつもうまくできなくて面倒をかけている愁に苛立《いらだ》っているし、乾が初めて来たときも、「いとし子」について余計なことを言うな、情報を外に漏らすなと言い含められた。

「いとし子」について多少の情報を与えても構わないが、絶対に愁自身がそうだと言いふらすなと命じてきていたのは、大きな役割を担っているのが愁なんかだと知られたくないからではないのか。

——それなのに、やめようと思ってた……？

一体どういうことなのだろう。意味が分からないが、疑問を彼にぶつけるわけにもいかない。

「あのさ、『俺の代には』っていつの予定の話？」

口を開いたのは乾だった。愁も陵も、はっと彼を見る。

「宮司のお父さんもまだまだ元気だろ。あの人からあんたに代替わりするのっていつだよ。何十年先？」

愁は思わず、陵を見る。彼は青白い顔をして、唇を噛んだ。

口調は冷静だが、乾の語気は強い。

「そりゃ、長年続いてきたこの奴隷システムやめるのはいいことだよ。でも代替わりまで待つなら、結局それってあんたにはリスクがないよな。表向きはなんの支障もないし。ああ、収入が減るってデメリットはあるだろうけど、それだけだろ。自分は安全圏にいるまま愁くんには何十年も耐えさせて、自分の代に最後にするってことを免罪符にして手前勝手に贖罪《しょくざい》した気分になられても、って思うんだけど、そこんとこどうなの？」

立て板に水の如《ごと》く責め立てる乾に、愁の方も狼狽《ろうばい》してしまう。

「過去のいとし子のリスト見たけど、全員宮司より早く消えてる。……なにをどれだけ想っていても、さっさと行動に移さないなら意味はないんじゃねえの？」

「――もう閉めるから、出て行ってくれ」

重ねられた問いに答えず顔を顰めた陵は、そう言って、乾と愁を急《せ》き立てた。

「あ、そうそう。これ、コピーとかさせてもらえたりとか」

「させるわけないだろう。一応門外不出だ。スマホで撮影も駄目だ」

ち、と舌打ちをしつつも、乾は諦めたように文書をまとめて金匱へ戻した。

三人で外へ出ると、陵に「愁」と呼び止められる。

陵は微かな逡巡のあと拳《こぶし》を握り、シュマの方へ顔を向けた。

「……シュマと離れるなら、止めない。そうなったら、そのときは親父には俺から説明して、説得してやる。お前は気にしないで、これから、好きなように生きていい」

好きなように、と言われて、なんだか迷路に迷い込んだような気持ちになった。自分の人生を、不自由だと感じたことが愁にはなかったからだ。

陵は小さく深呼吸をして、愁を見つめた。

「黒沢神社で神職として働き続けるならそれもいいし、別の神社で続けたいなら、知り合いに預けることもできる。神社とは違う、別の就職先をさがすのもいいと思う」

急に己の進路に選択肢を与えてくる陵に、戸惑いを覚える。

「……ゆっくり考えろ」

「陵、さん」

久し振りに、彼の穏やかな声を聴いた気がする。いつも彼は苛立っていて、それは恐らく愁のせいだったのだろう、怒鳴られてばかりだった。

けれど、まだ愁も陵も子供だった頃は、よくこんな風に優しく話しかけてくれた。施設から鳥居家の籍に入ってもずっと一人だった愁にとって、陵は大好きなお兄ちゃんだった。そんなことを思い出す。

「さっきは、助けてくれてありがとう。……今まで悪かった」

再び、深く頭を下げる陵に愁は狼狽した。

「え……っ、いえ、そんな。僕のほうこそ――」

陵に触れようとした瞬間、背後から抱き竦められる。乾だった。

「い、乾さん」

「そんなことしてる場合？　宮司さんに無事を知らせてくれれば？　心配してるんじゃないの？」

愁たちに対処を任せていなくなってしまったが、伯父は陵がどうなったのかと不安を抱えて待っているに違いない。

早く顔を見せた方がいいのではと心配になっていると、陵はゆっくり顔を上げた。

「……じゃあ、また」

「はい、おやすみなさい」

陵は乾に抱きしめられたままの愁をじっと見て、母屋のほうへと帰っていった。恥ずかしくなってもがいたが、乾は腕を解いてはくれなかった。

陵の姿が見えなくなって、やっと手を離す。

「じゃあ、帰ろうか」

けろっとした顔で言うもので、文句を言いそびれてしまった。もっとも、ちょっと羞恥《しゅうち》を覚えただけで、抱きしめられたこと自体は嬉《うれ》しかったのでどのみち言えなかった気もする。

乾はにこっと笑い、愁の手を握った。すっかり真っ暗になった道を、並んでゆっくりと歩く。

「そういえば、シュマと離れる方法だけど……あの木札って触れるかな?」

言いながら、乾がシュマを指さす。

「……そもそも、届かないかもしれません」

それに、今でこそ手を伸ばしてジャンプすれば届くくらいの位置にあるが、小さな頃はどう頑張っても触れられる距離ではなかった。シュマが前屈みのような格好を取っていれば別だが、直立の状態では到底無理である。

「あー……そっか。シュマって頭のてっぺんまでバスケットゴールくらいの高さだもんな。木札、俺でやっと届くくらいだし」

乾曰《いわ》く、彼が手を伸ばすと指先が大体二メートル二十センチに届く程度だそうだ。やっぱり今現在の愁がジャンプしたとして木札に届くかどうか危うい。

シュマはいつも直立でいるわけではなく、移動中でも頭を低くしたり屈《かが》んだりしているし、部屋の中では恐らく座っているような状態だったりすることが多い。

「それに、俺は今辛うじてシュマが見えるけど、見えないときは木札ごと見えてなかったもんなぁ。実体として存在してるかも危うい」

「そうですね……そういえば、前にカメラに映りませんでしたし」

愁は、触れようと思えばシュマに触れることもできる。解呪の儀式の際に、依頼者がシュマの感触を感じることもあるようだ。

だが、シュマが見えていない人には、触れることができない。

子供の頃から傍にいるのはシュマだけだったから、返事がなくても話しかけたり胸の中で問いかけたりすることはある。それでも触ったり抱き着いたりしようという気にはならなかった。

「通行人ってシュマのこと見えてないから、突き抜けてくよね?」

「そうですね。……でも、なんとなくですけど、無意識に皆避けている気がしますね」

満員電車や混雑した道などでは見えていない人とシュマが重なることもあり得るのだが、基本的にはシュマにぶつからないように間隔をあけられている気はする。

乾は「へえ〜」と好奇心に目を輝かせていた。だが、すぐに真剣な表情に戻った。

「ないけどある、って感じなんだね」

「そう、ですね」

そんな話をしながら自宅マンションの前へ着いた。じゃあここで、と言われる前に、勇気を振り絞って「うちにあがっていってくれませんか」と声をかける。

「帰れって言われたらどうしようかと思った。ぜひ、お邪魔します」

ほっと胸を撫でおろし、乾と、そしてシュマとともに自室へと戻った。

いつものように飲み物の準備をしようとしたが、「その前に契約解除してみようよ」と言われる。

「でも」

「そのほうが落ち着けるし。……そうしようよ」

優しく促され、躊躇《ちゅうちょ》しながらも頷いた。

部屋の片隅にいるシュマに歩み寄る。シュマはこちらへ意識を向けることもない。

「木札を、外すだけでいいんですかね」

「んー、理論上はそう、みたいだけど。取り敢えずやってみようか。……そう都合よく屈んではくれないよねえ」

シュマの木札は、相変わらず高い位置にある。

「シュマさん、屈んでくれません？」

下手に出た乾の言葉に、シュマは反応を示さない。ぬぼっと立ったままだ。

乾は小さく息を吐き、シュマの傍に立つと垂直にジャンプした。木札自体には手が届いたものの、触れただけでそのまま着地する。

「ああ……下の階の人すみません。愁くんもごめん、騒音を出した挙句に外せなかった……」

しょんぼりする乾に思わず笑ってしまう。だが、シュマが屈んでくれない限り、外すのは難しそうだ。

どうしたものかと思案していると、乾が口を開いた。

「……実は、さっきざっと見せてもらった資料の中に、『いとし子』を放棄して逃げた人のことが書いてあったんだけど」

「放棄？　どうやってですか？」

どれだけ離れても、例えば学校の修学旅行で遠くはなれた場所に行こうとも、シュマは必ずついてきていた。神社から逃げたとしても、シュマから離れることはできないはずなのに、一体どうやって。

「それは……まあ、おいおい検証してみよう。今日はもう終わりってことで」

うーん、と背伸びをしながら乾が立ち上がる。

「じゃ、今日は俺帰る――」

そう言いかけた乾のシャツを、愁は摑《つか》んで引き留める。なんだか前にもこんな場面があったな、と思った。

「帰っちゃうん、ですか」

「そりゃ……今日はもう疲れただろ？　お風呂入って、ゆっくり休みな」

やはり、解呪をしたから気を遣ってくれているのだろうか。

もう、そのみっともない姿を見られて嫌われるという不安は抱かないが、愁は乾に抱き着いた。

「しゅ、愁くん？」

「……帰らないでください」

ぼそぼそとそんな要求をすると、乾は「うぐ」と呻《うめ》いた。

「あのね、愁くん。……俺ね、今日は本当に危ないのよ。気が立ってたせいもあるんだけどさ」

気が立ってた、ということとの関連性はわからないが、愁は頭を振る。

「だから、いいって言ってるじゃないですか」

「あのね」

「僕も、後悔したんです。……乾さんと会えなくなったらどうしようって。ああすればよかった、こうすればよかった、って考えたくないんです、もう」

呪われているとか、呪われていないとか、そういうことにかかわりなく、人とはいつ会えなくなるかわからない。

乾が逃げようと思ったら、愁はたちどころに彼を見失ってしまうだろう。

「後悔したくないんです」

「……意味わかって言ってる？　本当に」

この期に及んでまだ疑うのかと怒ろうとしたが、抱き上げられて阻まれた。

寝室に運ばれて、ベッドに優しく下ろされる。見下ろす乾の眼差《まなざ》しは、普段の優しいものとは違う。けれど、不思議と怖くなかった。

「違った意味で後悔するかもよ」

しません、とはっきり告げた唇を、乾は食らいつくように塞《ふさ》いだ。

後悔するかもよ、などと脅したくせに、乾はもどかしくなるほどに優しく愁の体を開いた。愁を怖がらせないように、様子をうかがいながら、慎重に事を運んでくれる。

乾はベッドの上に腰を下ろし、愁を背中から抱っこするかたちで膝の上に乗せていた。背中に乾の体温を感じて、ほっとする。乾の左手が腹のあたりに触れていて、ぽかぽかとあたたかい。

愁は乾の胸に背中を預ける格好のまま、後ろも前も翻弄《ほんろう》され続けている。

どれくらいそうされていたか、愁はもどかしさに首を振った。

「も、いいですから……、解呪で慣れてるから平気です……！」

耐えきれずにそう申し出ると、中に入れられていた乾の指がぴくっと動く。

「んんっ！」

思い切り、今日初めて知った己の敏感な部分をこすられ、腰が跳ねた。こすられるたびに、指に合わせて声が上がってしまう。腰を浮かして逃げようとしても乾の腕に阻まれ、執拗《しつよう》に弱い部分を責められた。

反応をしてしまう自分が恥ずかしくて、再び懇願する。

「乾さん……っ、お願い、もうやです……っ」

「駄目」

にっこりと却下され、息を飲む。笑っているし口調は優しいのに、なんだか怒っているみたいだった。

正直なところ、「他者との触れ合い」という意味で愁は保健体育以上の知識はない。だからその場所に触れられるのは完全に想定外で、早々にパニックになった。

まったくの未知の領域だったが、乾に触れてもらうと決めていたので、首を横に振る。

「もう、いいです、早く……あっ！」

不意に、ゆるく立ち上がっていた性器のほうへ指を絡められて、反射的に声を上げてしまった。慌てて口を押さえる。

この体勢だと、乾の手が愁のものを愛撫《あいぶ》しているのが丸見えだ。

――乾さんに、そんなところに触られるなんて……。

優しい指の動きに、自分のものが次第に濡《ぬ》れてくるのがわかる。見ていられなくて顔を手で覆うと、乾の手が止まった。

「辛い？　もうやめる？」

本当に心配そうに耳元で問われて、愁は真っ赤になりながら顔から手を外した。

「えっ……いえ、あの」

なんと言ったらいいのかわからず、もごもごと言い淀《よど》むと、乾はくすっと笑う。

「続けてもよさそうだね」

「……っ」

意地悪なのかそうでないのかわからないが、恥ずかしくてたまらなかった。

――だって、こんなの。

幼少期からシュマに蹂躙《じゅうりん》され続け、精通を迎えたあとは、儀式のあとに太腿《ふともも》が体液で汚れていることがあった。そのたびに、言いようのない嫌悪感と絶望感に襲われていた。性欲というものを抱いたことがなく、そういう意味で触れたことは一度もない。

それなのに、乾の手であっけなく高ぶっているのが信じられず、恥ずかしい。けれど、乾の手の動きや表情で、それが決して悪いことではないのだと教えてもらえたような気がした。

甘く緩やかに追い込まれて、愁は慌てて乾の胸に縋《すが》りついた。

「あっ……乾さん、もう離してくださ……」

「いいよ。大丈夫」

「えっ、あっ？　あっ……！」

なにが、と問う間もなく、愁は達する。

背後から伸びてきた手で顔を上向かされて、唇を塞がれた。

「んん……っ！」

キスをしたまま、乾が愁の震えるものを優しく愛撫し続けている。ん、ん、と情けない声が鼻から漏れた。

恥ずかしいところは散々見られたつもりだったが、これはまた別種の羞恥が湧いてくる。

「……もうちょっと頑張ろうか」

唇を離し、色気のある低い声で囁《ささや》かれる。

シーツの上に、仰向《あおむ》けに優しく押し倒された。乾が覆いかぶさってくる。初めて彼の素肌に触れて、ほっと安堵《あんど》した。人肌がこんなに心地いいなんて、知らなかったのだ。

キスをされて、その心地よさに瞼を閉じる。

「……体の力、抜いてて」

唇と唇の隙間《すきま》で言われ、はい、と返す。

「ん……っ」

足を開かされ、今まで長い時間をかけて広げられた場所に、熱いものが押し当てられた。

「あ……っ、あっ？」

ぐぐ、と押し入ってきたものの熱さと圧迫感に困惑する。

解呪では、穴という穴すべてが侵食される。けれど、感じることはできるが実態があやふやな存在であるシュマからは熱を感じない。考えてみれば、蹂躙されているときには確かに苦痛をともなったが、いきなりいろんな場所につっこまれても血がでるようなことは一度もなかった。あれは本当に、人ならざるものの蹂躙行為だったのだとこんな場面で知る。

「ん……！」

慣れているつもりだったのに、自分はまったくの未経験なのだと思い知らされるようで、感情が揺れる。面倒をかけて申し訳ないような、乾が初めてであることが嬉しいような、面映ゆいような。

頬を撫でられて、はっと目を開けた。

「大丈夫？　苦しい？」

心配そうに覗き込まれ、曖昧に頷いた。

「大丈夫です……想像してたより、熱くて、大きいから」

本音を口にしたら、乾が呻いて前屈みになる。大きく深呼吸をして、愁の額を労《いた》わるように撫でる。

「もう少し待つね」

「いえ。もう……」

大丈夫、と吐息交じりに言って愁は両腕を伸ばし、乾の背中を抱いた。筋肉のついた背中がびくんと波打った気がする。

触れ合うだけで、なんて気持ちいいのだろうと、泣きそうになった。

「じゃあ、ゆっくりね。嫌だったら言って」

愁を両腕で抱きながら、乾が宣言通りゆっくりと動き始める。

やっぱり多少苦しかったけど、覆いかぶさる乾の体の重みや吐息、触れ合う素肌の感触、すべてが心地よく感じた。

「好きだよ」

好意を告げてくれる言葉も、重なる唇も、全部気持ちいい。

「……あっ」

気持ちいい、という実感とともに、声が零れる。はっと口を手の甲で塞いだら、掌にキスをされた。それだけで、体が震える。

「待って、乾さん」

触れ合った部分がなんだか変だ。そわそわと落ち着かないなにかが、尾骶骨《びていこつ》から這《は》い上がってくるような感じがする。無意識に腰を動かすと、乾の手に支えられた。ぐりっと奥を突かれ、乾でいっぱいになっている中を優しく擦《こす》られる。

「……っ？　あの、待って」

顔を逸らし、乾の胸を押し返す。

無防備になった首筋に吸い付かれて、未知の刺激に「あ！」と大きな声を上げてしまった。反射的に首を押さえるのと同時に、乾の両腕に閉じ込められる。身動きが取れない、と気づいたのと同時に、乾が深く腰を嵌《は》めてきた。

「あっ……あ、あっ……！」

優しく揺すられるたびに、上ずった声が唇から零れる。情けない己の声が嫌なのに、口を閉じている余裕はない。

前で達したときと全然違う。

小刻みに突かれたあと、ぐっと腰を持ち上げられるように突き上げられた。その瞬間、急に体を中空にぽんと投げられたような錯覚を覚える。

「あ……っ」

気が付いたら、乾の肩に縋り、びくびくと腰を震わせながら達していた。耳の下のあたりにちゅっと音を立ててキスされ、その刺激にさえ感じてしまい、びくんと体が跳ねる。

「可愛《かわい》い」

そんな言葉にさえ、愁の体は感じ入ってしまう。

「あー……やばい、気持ちいい……」

味わうように腰を動かしながら、色っぽく掠れた声で乾が呟く。

「好き。愁くん。……好きだ」

「あっ……んん……っ」

どこか甘える声音で言いながら、乾は強く愁を抱きしめ、キスで唇を塞いだ。

つい先程までは労わるように優しいだけだった乾の動きが、ほんの僅《わず》か荒くなる。腰を回され、柔らかく敏感になった中を突かれると、体がじんと痺《しび》れる。

唇を塞がれて苦しいはずなのに、泣きたくなるほど気持ちがいい。

「……っ」

抱いていた背中が強張るのと同時に、乾が愁の体の中で果てた。

唇が解かれ、首元に乾が顔を埋めてくる。

「あ、あっ、あっ……」

慣れない体は中で出される快感に翻弄され、悶える。無意識に逃げようとしたが、乾の腕にがっちりとホールドされていて逃げ場がない。

喘《あえ》ぎすぎて息切れし、脱力した体を乾が抱き起こしてくれた。そのままぐでんと乾の胸に縋る。

「しゅ、愁くん、大丈夫？」

さすがに焦った様子で問う乾に、愁は笑ってしまった。乾はほっとした様子で、愁の顔を覗《のぞ》きこむ。

「愁くん、平気？」

再度問われて、頷く。

「解呪で慣れたつもりだったけど、全然別物でした。こんなの、初めてです。……こんなに、気持ちよくて、幸せになれるものだなんて、知らなかった」

最後は独り言のつもりだった。

慣れているなんて乾に対して言ったけれど、いろいろな意味で全然違う。

乾と触れ合って、初めてこの行為が罪悪感も嫌悪感も伴わないことなのだと知った。

「幸せで、満たされるものなんだって、知りました」

誰とも触れ合わない、触れ合いたくないと頑《かたく》なに思っていたけれど、諦めなくてよかった。

触れてよかったし、その一歩を踏み出そうと思わせてくれた乾に、感謝しかない。

すかさず、感極まったらしい乾の両腕に抱き竦められる。

「好きです、乾さ……——あっ！」

少しだけ体積の小さくなっていた乾のものが、中で大きくなったのがわかって思わず軽く腰を浮かせて背筋を伸ばした。

乾は真っ赤になりながら「ごめん、こんな場面で俺ってやつは……」と少々涙目になっている。

愁は目を丸くし、笑って乾の頬に口づけた。


初めて誰かと一緒にお風呂に入る、という体験をした。体を洗ってもらったのも、記憶がある年になってからは初めてかもしれない。

風呂上がりには、髪まで乾かしてもらってしまった。愁がソファに座って、乾がその後ろから優しくドライヤーをあててくれている。

「……今日は、泊まっていってくれますか？」

ドライヤーのスイッチが切れたと同時に言うと、乾は「愁くんがＯＫなら」と笑う。

「僕から誘ってるのに、ＯＫもなにもないじゃないですか」

「じゃあ、お言葉に甘えて」

ソファ越しに身を屈めて、乾がキスをしてくる。

触れるだけのキスが離れた瞬間、背後からからんと木札の音がした。二人で振り返ると、壁際にいたシュマが壁に凭《もた》れながら床に腰掛けるように体を曲げている。

今なら木札に届きそうかも、と思って乾を見ると、彼も同じことを考えていたのか目が合った。

「……取ってみようか」

「は、はい。これで解除、できるんでしょうか」

触れたり、首から外そうとしたら、暴れたり痛がったりしないだろうか。

そんな不安と緊張を抱えながら、シュマに近づき、木札に手を伸ばす。その表面は相変わらず、動物のようなのに大福もちのようでもある、なんとも言えない感触だ。実体がほぼないようなものだからだろうか。

「……っ」

思い切ってシュマの首にかかっていた木札を外した。

反射的に身構えたものの、なにも起こらない。

シュマが暴れることも痛がることもなかった。一方で、なにも起こらなかった。

「あ、れ？」

シュマは消えることもなければ、離れることもない。いつも通り、ぼんやりとそこに存在している。

「……なにも、起こらないね。なにか、愁くんのほうで変化した感覚ってある？」

「いえ、なにも……。もともと、一心同体みたいな感じではないですし」

手の中にある二枚の木札は、鉄道会社のＩＣカード乗車券と同じくらいのサイズで、厚さは一センチほどだった。上部に穴が開いていて、麻の紐《ひも》が通してある。その真ん中に文字のような記号のようなものが恐らく二文字、墨で書かれていた。

時代感はよくわからない。江戸の頃に作ったにしては新しくも見えるし、最近作ったにしては古びて見える。

「ちょっと触ってみていい？」

「あ、どうぞ」

木札二枚を乾に手渡す。乾いた板がぶつかり合って、軽い音を立てた。いつも、聞こえていたシュマの音だ。

乾は愁を床にゆっくりと下ろし、手の中の木札を携帯電話で撮影する。乾が微かに目を瞠った。

「……映った」

「えっ⁉」

ほら、と差し出された携帯電話の画面には、確かに木札が映っている。シュマの首にかかっていたときは映らなかったから、実体として存在しないのではないかと思っていた。

「ど、どうしてなんですかね？」

「本当の答えはわからないけど、シュマが身に着けていると、取り込まれて実体化しなくなる、とかそういうことかもしれないね」

「なるほど……？」

「そう考えると、もしシュマが人間を抱きかかえたり、或いは食ったりすると、シュマが見えない人には見えなくなる……実体ごと消えたりするのかもしれない」

乾の仮説には、少しだけ思い至ることがあった。

解呪の儀式、つまりシュマに蹂躙されているとき、愁は恐らくかなり大声を上げていることがある。子供の頃などは泣き叫ぶのが当たり前だった。

けれど子供の頃から一度も、まだ境内にいるはずの他の神職や参拝者に気づかれたことがない。聞こえないのだと思っていたが、愁の存在が消えていたのかもしれない。

「うーん……とりあえず、外しただけじゃダメってことかな。折角実体化してるみたいだし、壊してみる？」

「え！　……いいんでしょうか」

「いいんじゃないの。まずけりゃまた作るでしょ。作り方書いてあったし、小さい子に何度も刺青《いれずみ》入れてきたならわかってるんじゃないの、木札の作り方くらい」

あまりにあっけらかんと言うし、最後のほうはだいぶ棘《とげ》のある言い方で、笑ってしまった。愁のために怒ってくれているのだ。

「じゃあ……割ってみる？　こういうのは文字とか模様が欠ければ発動しなくなるのが定石だし」

「カッターとかで割れますかね？」

「うーん、せめて菜切り包丁とか出刃包丁かなぁ。もしくは金槌《かなづち》」

料理はまったくしないので三徳包丁以外はないのだが、工具ならばある。工具箱ごと持ってくると、乾はドライバーと金槌を手に取った。

「ドライバーはなにに使うんですか？」

「本当は楔《くさび》を使うんだけど、板自体が薄めだからマイナスドライバーで代用しようかなと」

でもまずは、と乾はベランダに出ると木板を金槌で叩いた。かん、と軽い音がする。

「経年劣化で黒いわけじゃなくて、一応焼いてあるっぽいね」

表面を焼いて炭化させると、板が丈夫になるのだという。へー、と感心しながら彼の手元を覗き込む。

「じゃあ力いっぱいやってみようかな」

よいしょっと、と言いながら、乾が金槌を振り下ろす。再び軽めの音がしたが、割れてはいなかった。大き目のマイナスドライバーを木目に添って当てて、再び勢いよく金槌を叩きつけると、あっさりと板に亀裂が入った。

「ここまで来たら手で……は、無理か。じゃあ金槌でもう一発」

段差のある場所で半分を固定し、金槌で叩くと、板はあっさり割れた。

同時に、二人で部屋の中にいるシュマを振り返る。

「めっちゃ寛いでるね、シュマ……」

寛いでいるかはわからないが、相変わらず、床に腰かけたような格好のままぼんやりと虚空を見つめるシュマが消える気配はない。

「もう一枚も割ってみようか」

「ですね」

二回目ともなれば慣れた様子で、乾は手際よく板をまっぷたつにする。だが、やはりシュマは消えなかった。

「おい～……シュマさん、なんでよー」

「……長く本当の棲み処から離れすぎて、帰れなくなったんですかね？」

帰り道を忘れたのかもしれない。

そう思いながら仮説を口にしたが、乾はうーむと思案していた。それから、逡巡するように愁を見やる。

「実はもう一つあるんだけど……それ、ちょっと保留にしていいかな」

「え？　ええ、僕は全然構わないですけど……」

うん、と乾が頷き、取り敢えずなにも起こらなかったので、二人でソファへ移動する。

それから数分と経たないうちに、マンションの前をけたたましいサイレンの音が通過していった。消防車の音だね、と言って乾がベランダから外を覗き込む。

サイレンが遠のいていったほうを見て、乾が身を乗り出した。

「危ないですよ、乾さん！」

慌てて言うと、乾は「神社のほうだ」と言った。

「え？」

「消防車が、神社のほうに向かってる」

そう言われて愁もベランダから覗くと、神社のある方向がオレンジ色に光っていた。街灯も少なく、普段は星がよく見えるはずの夜空が、明るく照らされている。

騒ぎを聞きつけたらしい近所の人が、道路にぱらぱらと出ているのが見えた。

「火元は神社なのかもしれない。行ってみよう」

「は、はい」

慌てて部屋に戻って戸締りをし、再び神社へと戻る。シュマは、いつものように愁の移動に合わせてのっそりとついてきた。

いつもなら二枚の木札がぶつかる音がするのだが、今しがた外して割ってしまったため、なにも聞こえない。

――なんか、変な感じ。

急に存在があやふやになったような、不思議な感じだ。自分とシュマを繋いでいたものが消えたのだと思うと、妙に落ち着かない気持ちになった。


急いで神社へ向かうと、境内の前に消防車が数台止まり、消火活動が始まっていた。

参道には、陵と伯父、それからまだ帰宅していなかった社人の姿が見られる。消火作業が進んでいるはずなのに、時折火が大きく膨らんでいた。

それを、この時間までなにか仕事があったのだろう、まだ装束を着ていた伯父が呆然と眺めている。

「――陵さん」

そこから少し離れた場所に立つ従兄を呼ぶ。陵ははっとしたように振り返った。

「お前、なんで」

「だって、神社が火事かもしれないって思って……」

陵は慌てて駆け寄ってくると、再び「なんで」と声を潜め、愁の隣に立つ乾と、シュマを見た。相変わらず傍に控えているシュマに、彼の表情が曇る。

さっきの今で、と怒られるかと反射的に身構えたが、陵はいつものように怒鳴ったりはしなかった。

代わりに、焦った様子で愁の肩に触れてくる。

「いいから、お前は家に戻れ。……明日また来るんだ」

「でも、神社が火事なのに、そんなわけには」

「お前がここにいたってしょうがない。早く、そいつと一緒に家に戻るんだ」

急かすように肩を押しやられ、戸惑う。

その瞬間、ちょうどこちらを振り返った伯父と目が合った。普段はあまり冷静さを欠くことのない伯父が、愁を見て顔を険しくする。

「――愁、お前」

伯父はシュマの方を見て、大きく目を見開いた。

「愁、陵、お前たちなんてことをしてくれたんだ！」

怒鳴った伯父に、社人や消防署員もぎょっとしたように視線を向けてきた。同じく参道にいた警察官のひとりが「お話を聞かせてもらえますか」とやってくる。

会話の流れから、火事の原因に関わっていると思われたのかもしれない。そう気づいたときに、乾がさっと割って入った。

「火事とは関係ないですよ。僕らさっき現場についたばっかりです。マンションの防犯カメラとか確認してください」

放火などであれば現場にいなければいけないような時間には、乾も愁も神社にはいなかった。

陵も「親父の発言は火事とは無関係の話です」と言ってくれる。だが警察も仕事なので、そう説明してハイそうですか、とはならない。

「じゃあ、神主さんが言ったのはなんです？」

「それは……」

「愁、陵！」

どう説明したものかと乾が逡巡していると、伯父がなおも叫び、憤然と愁に詰め寄ってきた。

身構えた愁の前に、陵が庇《かば》うように立つ。そんな陵の行動に、愁も、乾も驚いた。

上背のある陵に阻まれて、伯父が足を止める。だが怒りは当然収まらず、怒鳴りつけてきた。

「お前たち、木札を壊したな⁉　そんなことをして許されると思うのか！　こんなことになったのは、お前たちのせいだぞ！　わかっているんだろうな！」

伯父はよほど焦っているのか、そんな風に叫びながら息子である陵の胸倉を摑んだ。

木札を壊した——つまり、シュマとの繋がりを絶ったことが、火事の原因であると判断しているようだった。そこの審議は陵や愁たちでさえ検証なしでは判然としないが、事情を知らずシュマを見ることもできない警察官にしたら、神社が燃えたせいで神主が錯乱しているようにしか見えないだろう。

「落ち着けよ、父さん。仕方ないだろ、こうなったのは誰のせいでもないんだ。地道に再建するしかない」

それを逆手に取るように、陵は「歴史ある社屋が燃えて錯乱する父親を宥める息子」を演じる。だが、伯父からすれば、その言い分は更に火に油を注ぐ物言いだっただろう。

伯父は摑んでいた息子の胸倉を激しく揺さぶった。

「いとし子の代わりはいくらでもいる！　だが木札は駄目だ！　木札なしでは、シュマがいなくては——」

「いい加減にしろよ！」

陵も怒鳴り返して、父親の装束の襟を摑み返した。いつも対外的には穏やかで、伯父に逆らうどころか言い争うことすらなかった陵の振る舞いに、愁は驚いて立ち竦む。

「あんたにとっては替えがきく存在なのかもしれないけど、愁の代わりなんていないんだよ！　俺にとっては……愁は、大事な——」

愁にとっては意外な陵の科白は、伯父によって遮られる。

「いい加減にするのはお前だ！　跡取りとしての自覚がないからこうなったんだろうが！　御先祖様にどう顔向けするつもりだ！」

「御先祖様？　そういう言い訳すんなよ、どうせ金だろ？　そんなに金が大事なのかよ⁉」

「よくもそんな――」

言い争う親子の剣幕に、警察官が流石《さすが》に慌てて止めに入った。

「まあまあ、神主さん、落ち着いて。落ち着いてください。消火次第、現場検証を行いますから」

取り鎮めるような声に、伯父はそれどころではないんだと苛立ったような表情になる。だが本当に錯乱しているわけではないので、これ以上言えば本当に頭がおかしくなってしまったのだと判断されると思ったのだろう、クールダウンして悔しげに唇を噛んだ。

ちょっとこちらへ、と警察によって伯父が引き離される。

「俺の代でやめてやるからな、こんなシステム」

捨て台詞《ぜりふ》を吐いた陵を、伯父は振り返る。だが、それ以上は言わずに警察とともに離れて行った。

「……なにがあったんですか」

伯父がいなくなると、乾が陵に問いかける。陵はこちらを振り返り、愁を一瞥した。従兄らしからぬ言動に未だ驚きの抜けない愁から視線を逸らして、陵は小さく息を吐いた。

「あんたがたが引き上げて行って、しばらくしてから、本殿から火が上がったことに気づいた」

ちょうど、愁がいとし子をやめると思う、という話をしていたそうだ。

そのときも、伯父は「それは絶対に許されない」と言っていたという。

陵は乾のほうを一瞬見てから、すぐに視線を逸らした。

「絶対に、シュマの木札を外してはいけない、って親父は言ってた」

いとし子の代わりはいる、と先程伯父が口走っていた。木札は駄目だと。

「……これが呪い返しのひとつってことなのか？」

ぽつりと乾が呟く。呪い返しは、前に乾が説明してくれていた。他人を呪うと報いを受ける、呪いが解ければそれも術者に返ってくる、という法則のことである。

陵は「わからない」と頭を振った。

「だが、恐らくそういうことなんだろうと思う。隷属契約は、言い換えれば『縛る呪い』だ」

木札を外しても、シュマにはなにも起きなかったし、なにもしなかった。今も、傍にいるし、動く気配はない。元の棲み処と思《おぼ》しき泉のある山の近くにいるというのに、移動する様子もなかった。

だが、木札を外したことで呪いを解いたことになり、術者——黒沢神社に倍になって跳ね返った、ということなのだろうか。

「でも、呪いが解けたなら、シュマが離れるはずじゃないんですか？」

シュマは、まだ愁の横にいる。

それなのに、黒沢神社が呪いを受けるのは辻褄《つじつま》が合わないと思う。

だが、乾も陵も、何故かその意見には同調してくれなかった。怪訝《けげん》に思っていると、陵が気まずげにシュマを見る。

「確信は持てないが、それは……――」

陵が何事か言おうとした瞬間、前触れなく激しい雷鳴が轟《とどろ》き、空に閃光《せんこう》が走った。境内にある神木に、雷が落ちる。地響きするほどの落雷に、悲鳴があがった。

神木が、一瞬でまるで松明《たいまつ》のように真っ赤に染まる。火の粉がふわふわと舞い、祭りのときのように境内が照らされた。

「――退避！　すぐに逃げてください！」

すぐさま消防署員の声が上がり、その場にとどまっていた人々が逃げ出す。

それから間もなく、めりめりと音を立てて神木が縦に裂けた。燃えた神木から出ているとは思えないような瓦礫《がれき》が崩れるような音とともに、立派だった神木が倒れ始める。

「――危ない！」

その割れた一方の木が、陵に向かって倒れていくのが見えた。頭でなにか考えるより先に、体が動いてしまったのだ。

「愁くん……！」

乾に名前を呼ばれたその瞬間に、体に強い衝撃が走る。

意識を失うさなか、ご神木が完全に崩れ、噴水のように炎と火の粉が上がるのを見た。


ふっと目を開けた瞬間、視界にうつったのは真っ白な布だった。至近距離にある布と薄暗く、圧迫感のある様子に一瞬なにが起こったのかと思う。

身動《みじろ》ぎをしたら、背中に激痛が走って思わず呻き声を上げた。

——痛いし、暑いし、苦しい……。

覚醒したばかりで混乱している頭では、状況判断がうまくできない。一体己の身になにが起こっているのだろうと狼狽していたら「愁くん？」と名前を呼ばれた。

聞き覚えのある低い声は、乾のものだ。

「いぬい、さん？」

はっきりと呼んだつもりだったのに、声が掠《かす》れる。

声を発するだけで胸のあたりが圧迫するような痛みに襲われ、噎《む》せる。そのせいでまた胸に激痛が走る、という地獄のような悪循環に泣きそうになった。

「起きられる？　ちょっと手を入れるね」

「っ……」

肩と腹のあたりを支えられながら、ゆっくりと身を起こす。

完全に体を起こしてベッドの上に座る格好になってから、自分のいる場所が病院であることに気が付いた。俯せで寝かせられていたらしい。左腕には点滴がされていた。

「よかった、目が覚めて」

「あの、どうして病院に……」

微かに身動きを取るだけで、背中に激痛が走った。乾が慌てて愁の体に触れる。

「動くときはできるだけゆっくりのほうがいい。背中に、火傷《やけど》があるんだ」

「……火傷……？」

なんでだろう、と疑念が湧く。病院に来る前のことが思い出せない。

「シュマの木札を外してから、火事に気付いて黒沢神社に行ったの覚えてない？」

「あ……」

言われて、記憶が蘇《よみがえ》ってきた。裂けたご神木が陵に向かって倒れていったところまでは記憶にあるが、その前後はごっそりと抜け落ちていた。

「陵さんは？」

「愁くんが身を挺《てい》して庇ったおかげでピンピンしてるよ。さっきまで来てたけど、今は火事の事後処理に行ってる」

一体どうなったのかを、乾は話してくれた。

黒沢神社は、コンクリート造りの社殿以外はほぼ全焼してしまったという。割れたご神木は、一方は陵に向かって、もう一方は幣殿のほうへと倒れて火災がおき、そこから神楽殿、拝殿のほうへと延焼したそうだ。

「元に戻るまでには、時間とお金がだいぶかかると思う。保険には入ってるかどうか知らないけど……警察が介入したけど、結局原因はよくわかんなかったみたいだ。まあ、当然だけど」

老朽化しているわけでもなければ、放火でもないことが判明し、結局「漏電による事故の可能性」ということで処理されてしまったという。愁が意識を失っている間に警察が来て、そんな報告を受けたそうだ。

そして、愁が庇ったおかげで陵は擦り傷で済んだそうだが、愁はそのままご神木の下敷きとなった。不幸中の幸いは、木の上部のほうだったため、愁の背中に直撃した時点で枝木が燃え崩れ、救出は容易だったという。

服が燃え、背中を火傷しただけで、あとは肋骨《ろっこつ》のヒビと髪が少し焦げた程度で済んだそうだ。奇跡的な軽傷、と周囲も驚いていているらしい。

「……結果、愁くんは背中の大火傷と、肋骨のヒビという大怪我を負ったわけ」

「それで済んだのは、不幸中の幸いでしたね」

心底驚きながらもよかったところを探して言うと、乾は顔を思い切り顰めた。

「そうだけどさぁ……愁くんはほんと、ポジティブなのかネガティブなのか全然わかんない……」

はー、と大仰な溜息を乾が吐く。

彼はそっと愁の手を握り「無事でよかった」と呟いた。その声が少し、涙で掠れていたような気がする。

「乾、さん」

「愁くんが、死んだらどうしようかと思った……」

震える声は、本当に愁のことを心配してくれていたのだとわかる。

「……心配かけて、ごめんなさい」

謝罪すると、乾は頭を振った。

「いいよ。……助けられずにいられなかったんでしょ」

本当に、体が咄嗟《とっさ》に動いてしまった。考えている余裕なんてまったくなかった。

尽くせと言われ続けてきたからだろうか。けれど、やはり陵に対する情もどこかあったのかもしれない。

もし、陵がいなかったらもっと辛かったのだと、今でも思っている。だから、彼を助けることができて心底よかったと思った。

「まあ、もし愁くんが庇わなかったら普通に死んでたんじゃないのあれ」

「えっ」

「多分ね。だってあれ、多分呪い返しの一種だよ」

本来の対象者じゃないから、死なずに済んだのでは、というのが乾の見立てだ。

「でも呪いって……」

「シュマを『縛った』呪いでしょ。神社がほぼ全焼したのもそうだし。……木札をはずす、更にそれを割る、っていうのはシュマを縛ってた呪いの解除にあたる行為だったっぽいね」

「でも、じゃあ、僕に返ってもおかしくないんじゃ」

呪いで愁に縛り付けていたのだから、愁にそれが返ってくるのが道理な気がする。

そんな疑問に、乾は頭を振った。

「それはない。だって、愁くんがかけた呪いじゃないし。その呪い……隷属の契約をしたのは、当代の宮司でしょ。単に君は巻き込まれただけというか、縛る依り代のようなもんというか、君自身も呪いの対象なんだから、そりゃ呪いが返るわけがない」

もっとも、それは乾独自の解釈であって本当のところはわからない、と付け加えられる。

そんなものなのだろうか、と体から力が抜ける。

「でもなんで宮司……伯父さんじゃなくて、陵さんを？」

「そりゃ、大事なものを攻撃しないと意味ないからね」

伯父の子は、陵しかいない。なるほど、と納得するのもどうかとは思うが、確かにダメージの大きな攻撃だ。

「——そういえば、シュマは？」

目が覚めてから、なにか違和感があった。そのことに不意に気づく。

シュマがいない。

木札を壊してさえどこにもいかなかったシュマの姿がどこにもなかった。きょろきょろと周囲を見渡していると、乾が自分の背中を指さした。

「倒木が直撃して火傷を負った、って言っただろ？　それで消えちゃったんだよ。背中にあった『祝福』の印が」

「え……」

自分からは見ることができないのに、肩越しに振り返ってしまう。そのせいで火傷と肋骨のヒビ両方の痛みが体を襲って息を飲んだ。

乾が苦笑しながら、肩を撫でる。

「落ち着いて」

「……す、すみません。でも、なくなったって……」

木札もなくなり、背中の刺青も消え、シュマはどこかへ——恐らく元居た場所へ戻っていったのだ。

以前、乾に説明した通り、呪いというのはプログラムのようなものであり、そこに情緒は存在しない。

長年一緒にいたのに、あまりにもあっさりいなくなったことに、拍子抜けしながらもどこか寂しさすら感じていることに気づく。

自分は、完全に一人になった。普通の人はそれが当たり前なのだろうけれど、物心ついた頃から傍にいたシュマがいないことに、誤魔化しようもない喪失感があった。

「ごめんね、俺……本当はその刺青を消したら、愁くんが解放されるかもしれないって思ってたんだ」

乾が読んだ文献の中には、「逃げた『いとし子』」の話があった。

いとし子がどのようにして逃げ出したか。そのいとし子の「印」は手の甲にあったというのだが、それを、火かき棒で焼きつぶしたのだそうだ。

「勿論、愁くんにそんなことは勧められない。外科手術で除去するって方法を考えていたけど、それだって大変なことだし、それでもし呪いがとけなかったら目も当てられないだろ？」

シュマの木札を壊すだけで解放されればそれでいい。そんな考えで試してはみたものの、結局愁は解放されなかった。

それで、「刺青の除去」を方法のひとつとして提案してもいいものか迷っているうちに、今回の事故となったのだ。

我ながら、不運なんだか運がいいんだか、わからない。

「……多分ね、呪いは三つあったんだと思う」

ひとつは、「いとし子をシュマに縛る呪い」。もうひとつは「シュマを黒沢神社に縛る呪い」。もうひとつが、「シュマをいとし子に縛る呪い」ではないか、と乾が言った。

「木札が二枚あったのは、多分シュマにかけていた呪いがふたつあったんだと思う。だから、『いとし子』が死んでも、シュマは解放されない。いとし子に代わりはいるけど木札を外したり壊したりしてはいけない、ってのは多分そう」

木札を外してもシュマが離れて行かなかったのは、「いとし子」の背中の呪いが、「シュマを縛り付ける呪い」だから、ということだ。

「じゃあ初めから神社に縛るだけでよかったんじゃ……」

「それだと金のなる木の『解呪』ができないでしょ。あくまで、いとし子を一旦受け皿にして、それを食わせないといけないわけだから」

なるほど、と納得し、無意識にシュマを視線で探してしまった。

もういないのだ、と改めて思う。いつも頭上や後方から聞こえていた、からん、という乾いた木札の音が聞こえることはもうない。

「それで、……これからどうする？」

乾の問いかけに、愁は目を丸くする。

「禰宜さんとしては、前に提示した通り愁の好きなように選んでほしいってさ。どのみち黒沢神社が戻るまでには相当時間がかかりそうだし」

「そう、ですね」

正直なところ、自分の身の振り方などまだ考えていなかった。他になにができるというわけでもないし、かといって、神職として働いていけるものかもわからない。

突如与えられた選択肢にただ戸惑っているというのが正直なところだ。

「あのさ」

思案していたら、乾にそっと手を握られた。

「まだ決まってないなら、暫《しばら》く俺の仕事のお手伝いするっていうのはどうかな？」

「お手伝い、ですか？」

思いもよらない提案をされて、びっくりしてしまう。

「研究室のほう。正社員ってわけにはいかないからバイトってことになるけど……リハビリがてらにどう？」

リハビリというのは、怪我をした体のこともあるが、社会的な意味合いもあるのだろう。愁自身もいい加減自覚があるが、多分に世間知らずなところがある。

「いいんですか？　甘えてしまっても」

「勿論！　甘えなんかじゃないよ、助かるよ」

もともと、大学の研究室では資料整理やアシスタント等のアルバイトを募集していたそうだ。本来なら学部生や研究生に頼むそうなのだが、人手が足りないらしい。求人をかけると、金も時間もかかるそうだ。

じゃあ段取りつけておくね、と言って、乾は携帯電話でどこかへメッセージを送り始める。外の社会に出るのは学校以来で、金銭を稼ぐという意味なら初めてのため、今から緊張した。

用事を済ませたのちに携帯電話をしまって、乾が居住まいをただす。こほんと咳《せき》払いをして、再び愁の手を握った。

「それからもうひとつ。退院してから……すぐにってわけじゃないけど、俺と一緒に暮らさない？」

まさかの発言に、「えっ」と声を上げてしまう。

「あのマンションが持ち家って言ってた気もするし、そう簡単に返事ができる話じゃないと思うんだけど、愁くんが好きだから……真剣だから、検討してほしい」

「……はい」

頷いた愁に、提案した乾の方が「ええ!?」と驚愕した。

「愁く……、っあぶねえ！」

ばっと両腕を広げ愁を抱き竦めようとしながら、乾がすんでで踏みとどまる。愁が大怪我をしているのを思い出したらしい。

だが、愁自身も忘れかけていて手を伸ばしていたので、寸止めになってしまったのが少し寂しかった。

乾は深呼吸をして、愁に顔を寄せる。そして、触れるだけのキスをした。

「じゃあ、ひとまず仮契約ってことで」

不意打ちを食らわせて、乾はいたずらっ子のような笑みを浮かべる。愁もつられて笑った。

シュマがいなくなって、自分は完全に独りになってしまったのだと思った。だけど、すぐ傍に、乾がいてくれる。初めて自らが求めた相手が、今度はいてくれるのだ。

乾さん、と名前を呼ぶだけで、嬉しそうに笑ってくれる。

「大好きです」

偽りのない気持ちが、意図せず零れてしまった。

乾は顔を真っ赤にして勢いよく立ち上がる。ガターン！　と大きな音をして椅子が倒れ、慌てて立て直していた。

そうして、「不意打ちずるいよー……」と言ってしゃがみこむ。その様子が可愛くて、笑ってしまった。

まさか自分が他者と触れ合う日がくるなんて、ほんの数か月前までは想像もしていなかったのだ。独りで朽ちていくと思っていたはずなのに、新しい道が突然開けて、今もまだ戸惑っているままだ。

——だけど。

乾が、また手を引いてくれる。だから、安心して自分も歩いて行けるのだ。

そして、いつか乾に縋るだけでなく、自分でしっかりと歩んでいけるようになるのだろう。

確信的な気持ちがあって、愁は乾の手を握った。

■　■　■

当代の『祝福』は失われた。

よりによって、自分の代で。愚息の独断で、数百年の歴史を持つ黒沢神社は、殆ど取り潰しの状態である。

本来あるべき形に戻っただけだ、氏子もいるし、その他の収入だってあるのだから、地道に再建すればいいなどと、愚息は知ったような口を利く。

本来あるべき形はそんなものではない。あの化け物が——シュマがいることが、黒沢神社の「あるべき形」なのだ。

そうでなければ、いけない。そうでなければ、先代のいとし子が浮かばれないではないか。間違っているわけがない。そうでなければ、今までのいとし子が死んでしまった意味がなくなってしまう。

——「祝福」は、神泉にある。

「祝福」はどこから来たのか。その事実は、代々後継者、もしくは後継者候補に言い伝えられている。

境内に連なる神奈備《かんなび》の山の、泉から湧いたとされていた。通常は立ち入り禁止とされ、やはり後継者以外は立ち寄ることすらできないし、存在さえ知らせていない。

——そこに行けば、きっと「祝福」はいる。

古い文書にあった通りに、再び術をかければいい。木札は新しく用意した。

いとし子たる依り代となる子供はまたもらってくればいい。

養子をもらって祝福を受け、鳥居家は再生するのだ。

昔、祖父に連れられてきたときよりも、木々が生い茂って前に進みにくく、激しく息が切れる。殆ど人が通らず獣道となっていることもあるし、それだけ自分も年を取ったということなのだろう。

そんなに金が大事なのか、と愚息が喚《わめ》いていたが、そんな単純な話ではない。そして、かつて自分も同じ科白を、己の父に吐いたと回顧して唇を歪めた。

いとし子を生贄《いけにえ》に、甘い汁を吸っている自覚がないわけではない。

生贄には生贄だと、辛苦を与えられているのだと思わせないように画策してきたのもわかっている。そして「祝福」が祝福とは到底思えない惨い儀式であり、解呪がとても禍々《まがまが》しい儀式であることも、鳥居家の人間は子供のうちに知ることとなる。

あれは本当に祝福なのか。そう問いかけて、馬鹿な疑いを持つなと親や年長者から叱責《しっせき》されるところまでが、跡取りとして必ず通る道でもある。祖父と父に叱責された己もまた、愚息をそう叱《しか》りつけた。

——馬鹿なことを。……割り切ることが、後継者としての務めだ。

いとし子が死ぬそのときまで、よくやった、お前のおかげだ、喜ばしいことだろうと言い続けるのが宮司の務めなのだ。

息を切らしながら、やっと神泉の場所へとたどり着く。湧き水が泉を作っているが、人の手が入って整備されているわけではないので綺麗《きれい》とは言い難い。

神社の「黒沢」はこの泉が由来とされていて、恐らく昔から澄んだ水が湧いているわけではない。だが、自分の先祖が生活用水を独占していたことの表れでもあるようだ。

「……シュマ」

早く、術をかけて再び縛り付けねばならない。

シュマには自我がない。幼少期から、シュマがいとし子や神職と心を通わせるところを見たことは一度もなかった。先代のいとし子も、とうとうシュマとは意思疎通はできなかった、と嘆き、笑っていた。

なにか不穏なことが起こる際に、山の怒りだとか、祟《たた》りだという言葉を聞くことがあるが、そんなものは存在しない。動物ほどの意思を感じられない、それがシュマや呪いというものなのだ。

「……シュマ、どこだ」

声をかけると、泉の水面がぐうっと盛り上がった。大きく水面が盛り上がり、シュマが姿を現した。なんと禍々しい姿だろう。

見つけた。早く、古文書にあったとおりにまた捕獲しなければ。

「シュマ、こちらへ来い」

新しく作った二枚の板を振り翳《かざ》す。からん、とかつてシュマの首に下がっていた板のように、音がなった。シュマが、ぐるりと身を捩《よじ》るように頭部をこちらへ向ける。

顔と思しき部位が近づいてきて、ぐわ、と口が開いた。その奥にはなにがあるのかわからない。なにも見えない。まるで、闇に飲み込まれるかのようだ。

「──あ──」

　からん、と音を立てて木札が地面に落ちた。

　シュマは再び、ゆっくりとした動作で泉の中へと戻っていく。泉の畔《ほとり》には、真新しい木札が二枚、落ちているばかりだった。

# あとがき

はじめましてこんにちは。栗城偲《くりきしのぶ》と申します。この度は拙作『呪いと契約した君へ』をお手に取っていただきましてありがとうございました。

夏の発売だから……というわけではないのですが、今回は「ちょっと不思議系」の話です。最初のネタ出しの際に、担当さんから「栗城さん、前に『ホラー書きたい』って言ってませんでしたっけ?」と問われ、そういえば言ったような気がしますね、と返して原稿を書くに至ったのですが、書いてみたら全然ホラーじゃなくなりました。

ということで、ホラーが苦手な方も警戒することなく安心してお読みいただける本かと思います。楽しんでいただければ幸いです。

イラストは松基羊《まつもとよう》先生に描いていただけました。ありがとうございました!

受けが青年らしくかつ可愛《かわい》らしく、庇護《ひご》欲を刺激するような素敵な子に仕上げていただけました。袴がとてもお似合いです……。

そして攻めは包容力がありそうな雰囲気かつ優しくも凛々《りり》しいお顔立ちで、攻めのイケメン度をすごく底上げされている……！　と思いました笑。

あと多分イラスト（挿絵）には入らないのですが、ラフで頂戴したシュマがとてもとても可愛かったです。お見せできないのが残念……。と言ってもメルヘン的なかわいらしさというわけではなく、私はあの手の、顔がなくてぬぼっとした妖怪的フォルムがとてもとても好きなのです……。ラブ。


それにしても今夏も大変暑いですね。七月に至っては過去十二万年の中でこの数年間が最も暑いそうです（八月以降はどうかわからない）。暑さには強いのであまりエアコンをつけずに過ごすのですが、今年はパソコンが使用中にあっつあつになってしまうのが早くて、そういうタイミングでつけるようにしています。

というわけで、皆様、まだまだ暑い日が続きますが体調にはくれぐれもお気を付けくださいませ。室内でも水分はいっぱいとってくださいね。

ではまた、どこかでお目にかかれますように。

栗城偲

この本を読んでのご意見、ご感想を編集部までお寄せください。

《あて先》〒141-8202 東京都品川区上大崎3-1-1 徳間書店 キャラ編集部気付
「呪いと契約した君へ」係

【読者アンケートフォーム】
QRコードより作品の感想・アンケートをお送り頂けます。
Chara公式サイト http://www.chara-info.net/